Ernst Freiherr von Bibra

Aus jungen und alten Tagen

Erster Band.

Ernst Freiherr von Bibra

Aus jungen und alten Tagen
Erster Band.

ISBN/EAN: 9783743490734

Hergestellt in Europa, USA, Kanada, Australien, Japan

Cover: Foto ©Raphael Reischuk / pixelio.de

Ernst Freiherr von Bibra

Aus jungen und alten Tagen

Aus jungen und alten Tagen.

Erster Band.

Aus jungen und alten Tagen.

Erinnerungen

von

Ernst Freiherrn von Bibra.

Erster Band.

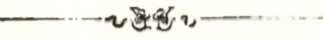

Jena,

Hermann Costenoble.

1868.

Inhaltsverzeichniß.

Das Erbe des alten Friedenreich.

Es war vor etwa vierzig Jahren, und viel wird nicht zu und abgehen von der Zeit, und dann war's in der alten Handelsstadt, die frü= her den Handel repräsentirte, und später den Wandel alles Irdischen, denn es ist dafür ge= sorgt, daß die Bäume nicht in den Himmel wachsen, wenn es gleich schade ist, daß viele viele Bäume an die Art glauben müssen, welche noch gar nicht an solch sträfliches Wachsthum dachten.

Ganz ähnlich wie der Stadt ging es auch dem Hause, in welches wir den freundlichen Leser jetzt führen müssen, denn wie ein großer Kristall (dicitur) aus einer Menge aneinander gelegter kleiner, derselben Form besteht, also auch eine Stadt aus Häusern, ja selbst Menschen, von ähnlichem, gleichem Typus.

Glauben Sie aber nicht, Verehrteste, daß unsere Erzählung also symbolisch=langweilig verlaufen wird, und sehen wir uns jetzt, wenn's gefällig ist, ein wenig in dem Hause um, dessen wir so eben erwähnten.

Es war ein altes, großes düsteres Gebäude, welches, wie es bei seinesgleichen gebräuchlich, viel Glück und Frieden, viel Jammer und Hader, mancherlei Freude, vielfachen Kummer, kurz eine ganze Musterkarte von Lust und Schmerz in seinem Innern beherbergt hatte, und man wird das begreiflich finden, da über dem mit gothischen Rundstäben verzierten, spitz gewölbten Thore eine Steintafel, in Form eines fliegenden Zettels, die Jahrzahl 1439 trug. In einer Zeit von etwa vierhundert Jahren hat man aber hinlängliche Muße sich lustig zu machen und sich zu quälen.

Werfen wir jetzt noch einen Blick auf die, meist noch mit runden Scheiben versehenen, und in ungleicher Flucht verlaufenden Fenster, und auf einen über dem Thore angebrachten und mit gothischem Maaswerke geschmückten Erker, und treten wir dann ein.

Der Thorweg, durch die ganze Breite des Hauses verlaufend, ist wie das Thor selbst, spitz gewölbt, rechts und links sind eiserne Thüren sichtbar, und nachdem wir in einen mäßig großen Hof getreten sind, bemerken wir ein Mittel= und Hintergebäude, deren Aeußeres so ziemlich der Fronte des Vorderhauses entspricht, während aber im Thorwege des Voderhauses eine ziemlich große, früher in das Innere führende Thüre mit gebrannten Steinen vermauert war, führt vom Hofe aus eine kleinere, durch ein Vor= dach geschützte Pforte, in das Mittelhaus, und wir haben jetzt ihre Schwelle überschritten und sind in das Haus getreten.

Zur Zeit, von welcher wir sprechen, war es nicht selten in solchen großen, aber spärlich be= wohnten Häusern so stille, daß man den Wider= hall der eigenen Schritte hörte, wenn man durch die langen Gänge oder durch die Vorhallen schritt, und so war es anfänglich auch in den Räumen, in welche wir soeben eingetreten sind, jetzt aber erklangen Tritte und es nahten zwei Personen haftig, ja fast laufend, welche sich bei den Händen gefaßt hielten, trotz ihrer Eile sich aber dennoch zärtlich anblickten.

„Laufen wir nicht wie zwei Kinder?" sagte lächelnd die eine der Beiden.

„Freilich," versetzte die andere, „freilich, und

das mit Recht und Fug, Du herzige Melusine, denn wir sind ja Kinder, und das zwar äußerst verständige und brave Kinder."

„Und ich weiß auch, wohin wir laufen, Du guter Johannes," sagte Melusine.

Er erwiderte nichts, aber er führte sie, ohne ihre Hand los zu lassen, rasch vorwärts, durch einige kleinere Stuben, und dann durch einen langen Gang, der in das Hinterhaus führte, dort aber stand er stille an einer Thür, welche er aufschloß, und mit ihr eintrat.

Es war ein geräumiges Gemach mit dunkel= brauner Holzvertäfelung, welches sein Licht durch sechs Fenster erhielt, durch deren viere jetzt blitzend und funkelnd die Nachmittagssonne eindrang und den Schattenriß der runden, in Blei gefaß= ten Scheiben auf die Diele zeichnete, während die beiden andern, ein grünliches, zitterndes Licht ausstrahlten, weil ein leichter Lufthauch mit den Blättern des alten Nußbaums spielte, der brau= ßen im Hofe stand.

Die Einrichtung der Stube war eine eigen= thümliche, und das Geräth offenbar aus alter Zeit. Mehrere Stühle mit verschossenem, rothem Plüsch und hohen Lehnen, einige alte Komoden mit altväterischen Beschlägen, in der Mitte der

Stube ein schwerer Tisch von Eichenholz, dessen Ränder mancherlei Kerben und Einschnitte zeigten, unbedingt von unberufenen und schwachen Händen hervorgebracht. Dann an der einen Wand zwei kleine Bettstellen aus braunem Holze, verziert mit Engelsköpfen, und in der Ecke eine Wiege, an der andern Wand aber ein kaum drei Fuß hoher, runder Tisch, mit zwei entsprechend niederen Stühlen, daneben aber ein riesiges, dreistöckiges Puppenhaus, dessen eine Wand geöffnet war und einen Blick in das vollständig eingerichtete Innere verstattete.

Schweigend und mit ineinander gelegten Händen blickte Melusine auf alle diese Dinge, jetzt aber öffnete Johannes einen in der Vertiefung angebrachten Wandschrank und führte sie zu demselben. Und dort standen in friedlicher Eintracht: Wagen und Pferde, Husaren, Nußknacker und Grenadiere, Lämmer und Wölfe, Löwen und Tiger, eine Reihe rothbackiger Puppen und ein halbes Dutzend in falschen Goldbrocat gekleidete Engel, welche früher auf der Spitze des Christbaumes geschwebt, im Schranke aber dann, in Folge ihrer himmlischen Abkunft vielleicht, das gute Einvernehmen der übrigen Spielsachen aufrecht gehalten hatten.

„Es ist noch Alles da," sagte Johannes mit etwas unsicherer Stimme.

Sie warf sich laut schluchzend an seine Brust, und dann rief sie unter Thränen:

„Alles, Alles! Auch Dein edles, treues Herz, das Deine Melusine schützt und stützt, wie damals, als diese Stube noch uns're Welt war."

„Sie soll es wieder werden," sagte Johannes, „sie und dieses ganze alte, düstre Haus, das uns ausstieß, und uns dennoch wieder aufgenommen hat, als zwei alte Kinder, die flennen wie echte und wahrhaftige Kinderstubenbürger."

„Ich kann nicht anders," rief Melusine, „und Dich selbst hat es mächtig ergriffen, gestehe es nur, denn Du machst genau dasselbe Gesicht wie vor vierzig Jahren hier in unserer Kinderstube, wenn Du mit Gewalt das Weinen unterdrücken wolltest."

„In Gottes Namen," sagte Johannes. „Die Quelle der Thränen entspringt im Himmel, und er erlaubt uns, unser Herz sprechen zu lassen durch sie. Sind sie nicht fast das einzige Vorrecht, welches der Mensch vor dem Thiere hat? Hat nicht das Thier menschliche Leidenschaften, und leider der Mensch thierische? Aber kein Thier weint, denn den guten Kerlen, den

Krokodilen, ſagt das nur die Verläumbung nach, ich weiß das zuverläſſig, denn ich habe ihre perſönliche Bekanntſchaft gemacht. Genieße alſo Dein Vorrecht, und heule, o Meluſine, wacker und rechtſchaffen. Wenn aber die Himmelsquelle verſiegt iſt, dann wollen wir ein neues Erdenleben beginnen, und den Altenweiberſommer unſeres Lebens mit friſchen Blumen ſchmücken.“

„Altenweiberſommer,“ ſagte Meluſine, „Spätherbſt, Wintersnähe! Was für Blumen giebt es da?“

„Mancherlei,“ verſetzte er, „die ſtets blühenben Roſen der Geſchwiſterliebe; beſchenken wir uns denn nicht ſchon mit denſelben? Das Immergrün unſerer Treue, blieb das nicht friſch und hoffnungsfarbig durch viele ſchlimme Jahre? Das Vergißmeinnicht, welches wir umtaufen und „„Ich hab’ Dich nicht vergeſſen““ nennen. Glaubſt Du, liebe alte Meluſine, da nicht, daß auch allerlei andere Lebensblumen um uns erblühen, wenn wir jene hegen und pflegen? Und da wir jetzt eigentlich ſchon begonnen haben, auf Phantaſie-Blumenwegen zu wandeln, ſo wollen wir Sträuße binden von lieben Erinnerungen, die uns denn doch gänzlich nicht fehlen, und die schlimmen wollen wir zu vergessen suchen, oder uns freuen, daß sie hinter uns liegen."

Er nahm ihre Hand und führte sie fort aus der alten Kinderstube, die sie verließen mit frischen jugendlichen Herzen, um nach langen Jahren der Prüfungen und des Kummers, als Alte sich wieder dort zu finden.

Sehen wir aber jetzt ein wenig, wer die bei= den Geschwister waren, und wie sie getrennt und wieder vereinigt wurden.

Der Vater des Johannes und der Melusine war der Herr Johann Zacharias Staubenraus, ein Kaufherr nach altem Schrot und Korn, der streng an alter Sitte festhielt, und dem jegliche Neuerung, wenn sie nicht nachweisbar dem Geschäfte bleibende Vortheile brachte, ein Gräuel war. Er speculirte, er wagte, aber er schwindelte nicht, und während er trefflich zu rechnen verstand, war er dennoch nichts weniger als ein Knauser, oder ein Geizhals. Man kann also nicht sagen, daß Herr Stauben= raus ein Philister gewesen wäre, und wenn er vielleicht ein wenig allzu sehr an den Gebräuchen fest hielt, in welche er sich in seiner Jugend eingelebt hatte, so läßt das am Ende besser, als wenn ein Alter jugendliche Manieren annimmt,

welche, entspringen sie nicht aus seinem Tempe=
ramente, ihn leicht zum Gecken stempeln.

Als Staubenraus in seinen jungen Jahren
von der kaufmännischen Lehre freigesprochen
wurde, ging diese Handlung in folgender Weise
vor sich:

An dem Tage, an welchem er ausgelernt hatte,
und genau zu derselben Stunde, in welcher er
vor Jahren in das Haus seines Principals ge=
treten war, rief ihn dieser auf seine Stube.

„Staubenraus,“ sagte der Principal mit
befehlender Stimme, „stelle Er mir einen Stuhl
an jenen Tisch!“

Er gehorchte, und jetzt fügte der Principal
mit noch gebieterischem Tone hinzu:

„Staubenraus, stelle Er noch einen Stuhl an
den Tisch!!“

Nachdem auch diesem Befehle Folge geleistet
worden war, sagte jetzt der Principal mit dem
höflichsten Tone von der Welt und mit großer
Freundlichkeit:

„Herr Staubenraus, ich bitte, lassen Sie sich
nieder, und ich ersuche Sie, ein Glas Wein mit
mir zu genießen. Von diesem Augenblicke an
sind Sie kein Lehrling mehr, sondern Commis!“

Der also Freigesprochene mußte nun die be=

reits auf dem Tische stehende Flasche Wein mit
dem Principale leeren, und ebenso Confect und
allerlei Naschwerk verzehren, wobei sich derselbe
auf die leutseligste Art mit dem neugeschaffenen
Commis unterhielt, hie und da selbst ein Späß=
chen einfließen ließ und ihn wegen seines
Wohlverhaltens während seiner Lehrzeit belobte,
obgleich er ihn früher nur allzu häufig versichert
hatte, daß er ein unachtsamer und einfältiger
Junge sei, aus welchem nie ein ordentlicher
Kaufmann werden würde.

Als Staudenraus später selbst Principal ge=
worden war, sprach er alle Maier, Müller
und Schmiede, alle Lehmann und Schultze, welche
bei ihm in der Lehre standen, genau auf dieselbe
Weise frei, und ging auch nicht von derselben ab,
als später zu seinem Aerger eine Verordnung
erschien, welche eine Prüfung für die betreffenden
Lehrlinge vorschrieb. Da die jungen Kaufleute
schon zu jener Zeit anfingen, sich höchst aufge=
klärter und freisinniger Gesinnungen zu erfreuen,
sagten sie freilich:

„Es ist ein alter Zopf, der Staudenraus,"
in schwachen und angeheiterten Stunden aber ver=
fehlten sie nicht sich zu gestehen, daß die veraltete
und alte Flasche Wein und das Confect des

„Alten," ihnen schmackhafter erschienen als das moderne Examen, ja selbst, daß ihnen die zöpfische Methode gewissermaßen imponirt habe.

Im übrigen hatte der alte Staudenraus einen harten und unbeugsamen Kopf und, was weniger zu loben, auch einen dergleichen Sinn, wenn sich Dinge ereigneten, welche er mit seinen Grundsätzen nicht einigen konnte, und wir werden später dergleichen Zügen begegnen.

Er hatte seine Frau verloren, eben zu der Zeit, in welcher seine beiden Kinder Johannes und Melusine die oben erwähnte braun vertäfelte Stube verlassen hatten, und die Sorge um deren Zukunft ruhte jetzt allein auf seinen Schultern. Mit Melusine machte er wenige Umstände, sie kam in ein Erziehungsinstitut, in welchem ihr zuerst die sogenannte feinere Bildung beigebracht werden sollte.

„Das Grobe kommt später von selbst," sagte der alte Staudenraus, „wird sie aber zuerst zum Küchenrüppel herangezogen, so lernt sie später alle die unnöthigen Nothwendigkeiten kaum mehr, welche neben schönen Kleidern die höhere Bildung ausmachen."

Unter tausend Thränen nahm Melusine von dem Hause Abschied, welches bisher ihre Welt

gewesen, und zitternd schlug sie ihre jugendlichen
Arme um ihren Bruder Johannes, der in dieser
Duodezwelt ihr einziger Freund und Gespiele
war. Ernst und nur wenige Worte sprechend,
begleitete sie ihr Vater zum Wagen, und nach=
dem er dem Fortrollenden einige Augenblicke
nachgeblickt, begab er sich hastigen Schrittes in
seine, von den Geschäftsräumen weit entfernte
Stube, woselbst er sich einschloß.

Solche Gewohnheit haben manche Väter an
sich. Was aber Herr Staudenraus in seiner
Einsamkeit begonnen, können wir nicht berichten,
obgleich einige Zweifel obwalten, daß er sich
einer besonderen Heiterkeit hingegeben.

Was Melusine betrifft, welche schluchzend in
den Wagen gestiegen war, so versiegten ihre
Thränen, nachdem sie die Thore der Stadt hin=
ter sich hatte, und die Hoffnung, diese treue
Genossin der Jugend, spiegelte ihr tausend rei=
zende Bilder vor aus der neuen Welt, in welche
sie jetzt treten sollte.

Und das war genau so natürlich und ange=
messen ihrem Alter und dem Laufe aller Dinge,
als das Gebahren des alten Herrn Staudenraus.

Mit Johannes ging nicht Alles so friedlich
ab. Er lernte zwar wacker, und die verschiedenen

Lehrer, welche ihm sein Vater hielt, ertheilten ihm sämmtlich das größte Lob, als aber einige Jahre später, gewissermaßen nur der hergebrachten Form wegen, sein Vater ihn fragte, welchen Stand er ergreifen wolle, erklärte er, daß er studiren wolle.

Der alte Staudenraus runzelte unwillkürlich die Stirn, dann sagte er aber:

„Das versteht sich von selbst, jeder Mensch muß studiren oder lernen, wenn er es zu Etwas bringen will, und Du kannst drüben im Comptoir gleich morgen Dein Studium beginnen.“

Jetzt begannen Kämpfe, welche damit endigten, daß einige Tage später Johannes als Lehrling eingeschrieben wurde, um auf die bekannte Flasche Wein und das Confect hinzuarbeiten, nach anderthalb Jahren aber erneuerten sich diese Kämpfe, und das zwar mit gesteigerter und ungewöhnlicher Heftigkeit, und diesmal war die Folge derselben, daß Johannes als Schüler in das Gymnasium trat.

Wohl die Hauptursache dieser Wendung seines Geschicks war ein altes Möbel, wie solches, zu jener Zeit wenigstens, nur in wenig achtbaren Kaufhäusern fehlte, ein Factotum der

Firma, der alte Procuraträger Peter Frieden=
reich, der, ergraut im Dienste des Hauses, schon
ben jetzigen Herrn der Handlung als Knabe ge=
kannt und geleitet hatte.

„Lassen Sie ihm seinen Willen," hatte er zu
Johannes' Vater gesagt, „verdrießlich und wider=
haarig thut er jeden Federzug und zernagt mehr
Gänsekiele als er verdient."

„Soll mein Sohn ein Federfuchser und
Rechtsverdreher werden," sagte der alte Stauden=
raus, „und soll das schöne Geschäft, welches die
Staudenrause durch drei Generationen mit Ehren
führten, in fremde Hände kommen?"

„Was das Federfuchsen betrifft," versetzte
Friedenreich, „so verbrauchen wir, Gott sei Dank,
vielleicht mehr Tinte, als der beste Jurist, und
bezüglich der Handlung, so lasse ich mich hän=
gen, wenn der Johannes in zehn Jahren nicht
unser Compagnon ist. Er wird nicht so ein=
fältig sein, zwanzig Jahre lang auf einen Fünf=
hundertgulden=Posten zu warten, wenn er hier
im Fette sitzen kann!"

„Ich kann keinen Esel in's Fett setzen, der
nichts vom Geschäft versteht," rief Staudenraus
zornig.

„Pah," sagte der alte Procuraträger, „wenn

er will, und ich garantire, er wird wollen, so
lernt er später in vier Wochen, was er sich jetzt
in eb'n so viel Jahren nicht eintrichtern läßt,
und bringt er ein paar Advokatenkniffe mit in's
Comptoir, so schadet das heutzutage nicht das
Mindeste. Wohl auch früher oder später nicht."

Johannes hielt sich auf dem Gymnasium so
gut, als vor der Comptoirzeit bei seinen früheren
Lehrern, und als er endlich die Universität be=
zog, so sagte sein Vater:

„Wärst Du ein Kaufmann geworden, so
ständest Du jetzt nicht mehr in Deines Vaters
Futter un wärst, mit anständigem Salaire, Dein
eigener Herr. Da es aber, leider Gottes, nicht
so ist, so merke Dir, daß nichts abgeschmackter
läßt, als wenn ein junger Mensch, der keinen
Heller zu verdienen im Stande ist, den Erwerb
seines Vater verthut und verschleudert."

Nach diesen streng klingenden Worten setzte
er ihm aber nen Wechsel aus, der die kühnsten
Erwartungen des Sohnes weit überstieg, und
als dieser bemerkte, daß er so viel wohl nicht
bedürfe, so sagte der alte Staudenraus ernst=
haft:

„So lege Capitalien an, wie ich höre, thun
das die Herren Studenten leidenschaftlich gern."

Wir wissen nicht, ob Johannes diese Lieb=
haberei anderer studirender Jünglinge theilte, auf
ihre übrigen aber ging er so ziemlich ein, da er
jedoch auch seine Studien nicht versäumte, so be=
gann sein Vater sich allmählich mit dem Gedan=
ken auszusöhnen, einen Gelehrten statt eines
Kaufmanns zum Sohne zu haben, wenn velleicht
gleich der zukünftige Compagnon noch immer im
Bereiche seiner Wünsche lag.

Zu jener Zeit war die ganze Stadt gerührt
und entzückt über das treffliche Einveständniß
und das reizende Familienleben, welche zwischen
dem alten Staudenraus und seinen beden Kin=
dern bestand, und da man weiß, wieaufrichtig
sich gemeinhin der Mensch über das Glück und
den steigenden Wohlstand seiner Mitmenschen
freut, braucht die erwähnte Rührug und das
Entzücken der guten, alten Stadt nit weiter ge=
schildert zu werden.

Einige Jahre später bedauertenan die Fa=
milie mit derselben christlichen Thlnahme und
Aufrichtigkeit, mit welcher man si vorher über
ihr gutes Vernehmen gefreut hat.

Johannes war verschwunden, der wenigstens
nicht mehr in der Stadt, wo erber hingerathen
wußte eigentlich Niemand so cht genau, und

die Muthmaßungen, welche man sich deshalb zuflüsterte, waren eben so ungeheuerlich, als sich selbst widersprechend.

Melusine, welche als ein reizendes Mädchen aus der Pension zurückgekommen, war schon vor dem Verschwinden ihres Bruders in eine andere Stadt zu einer Muhme abgereist, um dort sich Erfahrungen im Hauswesen zu erwerben, offenbar aber im besten Einvernehmen mit Vater und Bruder. Plötzlich tauchten indessen auch über sie fabelhafte und absonderliche Gerüchte auf, unleugbar war aber, daß sie nicht mehr in's Vaterhaus zurückkehrte, und daß das, was man „Familienverhältnisse" zu nennen pflegt, sich im Hause Staudenraus allmählich einzufinden schien.

Was den Vater Staudenraus betrifft, so war er sehr wenig sichtbar, wer aber im Geschäftsverkehr oder vielleicht hier und da auf der Straße mit ihm zusammentraf, fand ihn ernst, strenge und schweigsam wie fast immer, aber mit aufrechter und fester Haltung, obgleich sein Haar rasch ergraut, und seine Gesichtszüge eben so auffallend gealtert waren.

Der alte Friedenreich endlich schlich gebückt und ersichtlich tief bekümmert umher, bis er einige Jahre später starb und seinem Herrn die Sorge

für das Haus allein überließ, welche dieser auch
noch längere Zeit trug, bis man ihn endlich
eines Morgens todt in seinem Bette fand.

Das Haus Staudenraus war jetzt zwar nicht
gefallen, aber es war aus dem Leime gegangen,
denn es erschienen, bald nach dem Tode des ver=
blichenen Herrn, zwei Vettern, welche sich die
hinterlassene Erbschaft streitig machten, ein prak=
tischer Vetter und ein edelmüthiger, von welchen
der erste die Hinterlassenschaft des alten Stau=
denraus für sich selbst in Anspruch nahm, wäh=
rend der andere zu Gunsten der verschollenen,
oder wenigstens abwesenden Kinder Einsprache
that. Zwar erzählte man sich, daß der edelmüthige
Vetter zuerst ebenfalls für sich Ansprüche er=
hoben, dann aber, die Unmöglichkeit der Durch=
führung einsehend, aus Bosheit und Rechtlich=
keitsgefühl für Johannes und Melusine in die
Schranken getreten sei. Da aber bekanntlich die
Welt das Strahlende zu schwärzen liebt, so
wollen wir nicht unbedingt dieser Meinung bei=
pflichten. So viel stand aber fest, daß beide Vet=
tern in der ersten Zeit zugleich das alte Haus
bewohnten, und sich nach Kräften das Leben
sauer machten, daß dann beide abzogen und an
ihre Stelle ein alter, grämlicher Verwalter oder

Hausmeister trat, während das Vermögen der Firma, der Vettern oder der Kinder, Alles je nachdem, von dem Gerichte verwaltet und von den Advokaten beansprucht wurde.

Das lebhafte Interesse, welches natürlicher Weise anfänglich die ganze Stadt an diesen Vorgängen gehegt hatte, verschwand endlich eben so natürlich, da andere Scandolosa die Zungen beschäftigten, man gewöhnte sich allmählich daran, das alte Haus fast immer verschlossen, und nur bisweilen das grämliche Gesicht des Hausmeisters an irgend einem Fenster zu erblicken, und endlich dachte und sprach kaum irgend Jemand mehr vom seligen Staudenraus und seinem alten, unbewohnten Hause.

Nach Jahren endlich, und nachdem eine junge Generation fast alt geworden war, erschien plötzlich Johannes, freilich auch selbst alt geworden und mit gefurchtem, wettergebräuntem Antlitz, ohne Zweifel aber jetzt als rechtmäßig anerkannter Besitzer des streitigen, väterlichen Erbes, denn er zog unangefochten ein in dasselbe, und bald berichteten auch Leute, welchen nichts verborgen bleibt, daß ihm sein Vermögen, oder dessen Reste, ausgehändigt worden sei.

Indessen schien er, gleich dem alten Haus-

meister, welchen er bei sich behielt, sich in seinen
alten Mauern eingesponnen zu haben, und man
sah ihn nur selten, und meist nur zur Däm=
merungszeit, außer dem Hause, eines Tags aber
verreiste er und kehrte nach einiger Zeit
mit einer Frau zurück, welche Niemand anders
war als seine Schwester Melusine, deren Be=
kanntschaft wir bereits gemacht haben, und da
wir sahen, wie sich beide gleich, in den ersten
Stunden der Heimkehr in das Vaterhaus, alten
Erinnerungen hingaben, so wollen wir jetzt auch
ihr abendliches Gespräch belauschen.

„Es ist Alles, Alles wie es damals war,"
sagte Melusine. „Du bewohnst Deine alte Stube,
und mir hast Du die meinige eingeräumt, das
Theegeschirr hier auf dem Tische ist dasselbe, aus
welchem wir mit dem Vater den Thee nahmen,
als Kinder schon, und dann später als junge
Leute, und wenn ich hier auf der Theegewoo=
kanne, die kleine zierliche Gestalt sitzen sehe,
die sich in ihr Gewand hüllt, als sei es draußen
echtes Theewetter, das heißt neblig und frostig,
so wird mir wunderlich zu Muthe, und ich be=
trachte sie fast mit so viel Wehmuth als früher
mit kindlicher Freude."

„Es liegt einmal in der menschlichen Natur,"

verſetzte Johannes, „daß wir auf unſere Jugend=
erinnerungen mit einer gewiſſen ſchmerzlichen
Freude zurückblicken. Wir ſehnen uns, wenn wir
in der Fremde, nur noch einmal jene bewaldeten
Bergeshöhen, jene waſſerdurchfloſſenen, reizen=
den Thäler zu ſehen, in welchen wir als Knaben
ſchwärmten, und in den Räumen, in denen wir
unſere Kindheit verlebten, noch einmal die Hoff=
nungen und Träume der Kindheit an uns vor=
überziehen zu laſſen. Iſt aber dann unſer
Wunſch erfüllt worden, ſo beſchleicht uns ein
ganz eigenthümliches Gefühl, nicht ſüß, nicht
ſauer, nicht kalt, nicht warm, aber eine Miſchung
von Schmerz und Freude, von der wir ſelbſt
nicht recht wiſſen ob ſie angenehm oder nicht.
Iſt es uns heute nicht faſt den ganzen Tag
hindurch ſo ergangen, als wir das alte Vaterhaus
durchſtreiften?“

„Es iſt der Kummer über ein verfehltes Le=
ben,“ ſagte Meluſine, „und die Erinnerung an
nicht erfüllte Jugendträume und Wünſche.“

Johannes erwiderte lächelnd:

„Wenn alle unſere Jugendwünſche in Er=
füllung gegangen wären, ſtände es wahrſcheinlich
noch ſchlimmer mit uns, ja mit dem größten Theile
der Menſchheit, als das gegenwärtig der Fall

ist. Was aber die Träume betrifft, so kann ich Dich versichern, daß mir leider eine Menge Dinge begegnet sind, welche ich mir niemals hätte träumen lassen."

„Und willst Du Dein Wort lösen und mir diese Dinge erzählen," sagte Melusine. „Nach einer endlosen Reihe von Jahren treffen wir uns wieder, oder besser: suchte und fand mich Deine Brudertreue, und kaum weiß ich einmal, wie das zugegangen, von Dir selbst aber fast noch weniger."

„Was mich von hier in die Welt getrieben," versetzte der Bruder, „das magst Du erfahren, freilich wohl aber nur höchst fragmentarisch, wie das liebe Leben mich dann ferner geschurriegelt und gemaßregelt. Nachträge, einige gute, leider aber vielfache schlimme, mögen dann in den langen Winterabenden folgen. Nun aber höre:

Der erste Faden des Netzes, das mich aus dem Vaterhause zog, ward von dort drüben ge= sponnen und reichte bis hier herein in meine alte Stube. Du weißt, daß unser Großvater das Haus hier gekauft, welches früher ein Frauen= kloster war, und obgleich die Zeit hier gewirth= schaftet hat wie allenthalben, hat sie doch nicht gänzlich alles Klösterliche zerstören können. Hie und da steht ober einer Thür, noch ein steinernes

Christusbild, was der Steinfraß verschonte, oder die Freisinnigkeit übersah. Am deutlichsten zeigen das aber die Ruinen der alten Klosterkirche, die dort im Garten stehen, dicht an der Grenze unseres Besitzthums.

Freilich hatte der Großvater den Grundsatz, daß ein gutes Stück unserer Ruhe von unseren Nachbarn abhängt, daß in ihrem Munde ein nicht minder großes Stück unserer Ehre steckt, und daß wir nur so lange Frieden haben, als es den lieben Nachbarleuten eben gefällig. Trotzdem war es ihm aber nicht möglich, jenes lange und nur aus Erdgeschoß und einem Stockwerke bestehende Gebäude zu erwerben, welches früher ebenfalls zum Kloster gehörig war, jetzt aber ein städtisches Besitzthum ist, und seit Jahren an allerlei Leute und an eine Menge Familien vermiethet ist, welche große Zinse scheuen, aus Zank und Hader aber sich wenig machen. Auch ein Stück des Gartens, früher der Friedhof der Nonnen, und die Ruinen der Kreuzgänge waren städtisch, und eben das ärgerte den Großvater ganz besonders, da vielfacher Unfug dicht an dem uns gehörigen Theile betrieben wurde und die Gemeinheit mit Zunge und Faust dort manche Schlacht lieferte.

Auch dem Vater war es nicht möglich, jenen
Stein des Anstoßes zu beseitigen, und so war
es vor dreißig Jahren fast noch ebenso wie es heute
ist: was man hört sind gellende oder polternde
Stimmen und Kindergeschrei, und was man sieht,
sind zerbrochene und mit Papier geflickte Fen=
sterscheiben, vor welchen allerlei Geschirr und
Medicingläser stehen, und die bisweilen mit einer
Stange geschmückt sind, auf welcher durchlöcherte
Wäsche zum Trocknen hängt, dann ein befectes
Dach, schmutzige Wände und windschief in ihren
Angeln hängende Thüren, und der Platz endlich,
welchen man den Garten nannte, zeigte als ein=
zigen Repräsentanten der Vegetation einige halb
verkümmerte Pflaumenbäume, und ein paar gelb=
liche Grashalme.

Schon zur Zeit als ich das Gymnasium be=
suchte, und später während meiner Studenten=
jahre, hatte mir der Vater diese Stube einge=
räumt, und das Treiben da drüben in der Ar=
menkaserne wirkte auf mich eigentlich nur wenig
störend ein, ja bisweilen ergötzte mich sogar die
Zungenfertigkeit der scheltenden Frauen und
ähnlicher Unfug. Ich war aber endlich von der
Universität für immer zurückgekehrt, und bereitete
mich zu Hause auf mein juristisches Examen vor,

welches ich in einigen Monaten zu bestehen ge=
dachte.

Eines Abends hatte ich länger wie gewöhn=
lich über den Büchern gesessen, und nachdem ich
sie endlich bei Seite gelegt hatte, trat ich an das
Fenster, um frische Luft zu schöpfen und zu=
gleich mir die Jura ein wenig aus dem Kopfe
zu treiben, ehe ich mein Lager suchte, um nicht
auch noch von den Dingen zu träumen, welche
mir ohnedem wachend genug zu schaffen machten,
und in der That gelang mir das überraschend
schnell, und ich träumte weder in dieser, noch in
den folgenden Nächten von juristischen Studien,
sondern, und zwar selbst bei Tage, von ganz
anderen Sachen.

Es war eine wundervolle, klare und mond=
helle Sommernacht, und würzige Düfte drangen
von unserem, zu jener Zeit trefflich gepflegten
Garten, herauf zu meinem geöffneten Fenster,
aber drüben, im Armuths=Garten, erblickte ich
etwas, was meine Aufmerksamkeit in bedeutend
höherem Grade fesselte.

Eine in weiße, phantastische Gewänder ge=
hüllte Gestalt schwebte dort über den vertretenen
Grasboden, bald hoch sich hebend, bald nieder=
tauchend, bald wie ein Kreisel sich drehend, dann

flatterte sie durch die vom Mondlichte scharf
hervorgehobenen Ruinen der Kreuzgänge der alten
Klosterkirche, verschwand auf einige Augenblicke
im Schatten, um gleich darauf wieder in den
Strahlen des Mondes ihr phantastisches Spiel
zu wiederholen, die Arme bald abwehrend und
wie verfolgt von sich streckend, bald lockend
einem unsichtbaren Gegenstande winkend, und
dabei blitzte es bisweilen auf und funkelte wie
von reichem Schmucke und Geschmeide, dann
aber glänzten nur wieder die weißen Gewänder
im Mondlichte.

Was war das? Es war freilich der Friedhof
der Klosterfrauen, auf dem die seltsame Erscheinung ihr Wesen trieb, aber die Opern waren
noch nicht erfunden, in welchen man todte Nonnen verführerische Tänze aufführen läßt, und so
erschien mir das Gebahren der Gestalt nichts
weniger als nonnenhaft. Dennoch aber graute
mich fast ein wenig, und vielleicht gerade deshalb
beschloß ich die Sache näher zu erforschen.

Es war schon spät in der Nacht, drüben im
bewußten Nachbarhause brannte kein einziges
Licht mehr, und auch bei uns lag längst Alles
zu Bette, ich schlich deshalb aber dennoch vor-

sichtig aus meiner Stube und ging in den
Garten.

Dasselbe hohe, eiserne Gitter, welches uns
von den Nachbarn trennt, bestand schon jenes=
mal, obgleich oft genug die Rede davon war,
des vollständigen Abschlusses halber, es durch
eine massive Mauer ersetzen zu lassen, ich hatte
deshalb leichtes Spiel, und trug, im Garten
angelangt, nur Sorge mich möglichst ungesehen
dem Gitter an einer Stelle zu nähern, von wel=
cher aus ich, gedeckt durch Gebüsche, von drüben
möglichst ungesehen war, und das schien mir
auch trefflich gelungen zu sein, denn ich sah
nach wenigen Augenblicken, daß weder eine
spukende Nonne, noch ein anderes Gespenst sich
jenseits des Gitters umhertrieb.

Es war ein schwarzgelocktes Mädchen, welches
mir jenesmal zwar überraschend schön erschien,
dessen von der Ferne aus so feenhaft aussehende
Gewänder, in der Nähe sich in ein höchst ein=
faches Kostüm auflösten, in einige weiße, zu=
sammengeknüpfte Tücher, und in ein über ein
kurzes Röckchen gestürztes und wieder aufge=
schürztes Kleidungsstück, welches man sonst ge=
wöhnlich unter allen übrigen Kleidern zu tragen

3*

pflegt. Einige Goldflitter vervollständigten den
seltsamen Anzug.

Bemerkte sie mich in der That nicht, oder
geschah es absichtlich, ich habe das nie mit Ge=
wißheit erfahren, aber sie setzte ihren Tanz fort,
in welchen bisweilen freilich sonderbare Sprünge
eingeflochten waren, und während ich wie fest=
gebannt jede ihrer Bewegungen belauschte, kam
sie mir bisweilen so nahe, daß ihre improvi=
sirten Gewänder das Gitter streiften, und ich
ihre schwarzen Augen blitzen sah, und ihre hef=
tigen Athemzüge hören konnte.

Plötzlich aber blieb sie dicht vor mir stehen,
stieß einen leisen Aufschrei aus, und sah mich
einige Augenblicke starr an.

„Sie sind es, Herr Staubenraus,“ sagte sie
dann flüsternd, „ach Gott, das ist nicht schön,
mich so erschrecken!“

Herr Staubenraus! Sie kannte mich also,
ich aber war überzeugt, sie niemals in meinem
Leben gesehen zu haben, und obgleich ich eben
kein vollkommener Neuling mehr war, so mußte
ich ihr doch eine ziemlich einfältige Antwort ge=
geben haben, denn sie lächelte und sagte mir
dann, daß sie drüben im Nachbarhause wohne,

und mich schon oft im Garten und an meinem Fenster gesehen habe.

Es entwickelte sich nun ein stets leise ge= führtes Gespräch, in welchem ich mich wohl etwas vernünftiger als anfänglich benahm, und welches der Hauptsache nach sich darum drehte, daß sie mich versicherte, mich fast täglich beobachtet zu haben, während ich mich verwundernd und be= dauernd darüber aussprach, ein so reizendes Wesen erst heute zum ersten Mal gesehen zu haben. Als ich sie endlich fragte, aus welchem Grunde sie die nächtlichen Tänze aufführte, sagte sie hastig:

„Ich bitte um Gotteswillen, verrathen Sie mich nicht. Alle meine Mühe wäre verloren, wenn man die Ursache erfahren würde."

„Aber ich weiß sie ja selbst nicht," ver= setzte ich.

Sie zog sich etwas zurück und sagte dann, daß sie nun gehen müsse, man könne uns be= lauschen.

„Werde ich Sie morgen um diese Zeit wie= der sehen?" fragte ich.

„Ach Gott, ich schäme mich," versetzte sie, dann winkte sie mit der Hand und verschwand, um eine Ecke huschend.

Ich befand mich bereits im ersten Stadium
des Verliebtseins, welches vorzugsweise dadurch
gekennzeichnet ist, daß man keine Ahnung von
seinem Zustande hat, und in der That waren
auch zwei Hauptbedingnisse eines Liebesverhält=
nisses bereits vorhanden: heimliches Zusammen=
kommen und eine Bestellung auf morgen.

Im Uebrigen hatte ich meinen Zweck, nicht
von meinen Studien zu träumen, gründlich er=
reicht, denn die Bilder, welche mir im Traume
vorkamen, bestanden einzig und allein aus Feen,
welche im Mondscheine tanzten, und aus sich auf
Blumenkelchen wiegenden Elfen.

Eine der ersten Personen, welche ich am
andern Tage an den Fenstern des anrüchigen
Nachbarhauses erblickte, war meine Bekanntschaft
von gestern, und das zwar nicht in einer un=
reinlichen Haube, oder mit ungekämmten zer=
zausten Haaren, wie die meisten unserer übrigen
Nachbarinnen, sondern im zwar einfachen aber
zierlichen Morgenanzuge, und wenn es merk=
würdig war, daß eben heute ich zum ersten
Male ihrer ansichtig wurde, so ist es zuverlässig
nicht minder auffallend, daß sie gerade jetzt mich
nicht bemerkte, während sie vorher mich täglich
beobachtet hatte. In die Tiefen ihrer Wohnung

konnte ich aber nicht eindringen, selbst mit dem
Fernrohre nicht, mit welchem ich meine For=
schungen unterstützte, denn es schien dort eine
egyptische Finsterniß zu herrschen und sie trat nur
von Zeit zu Zeit aus derselben hervor, wie ein
leuchtender Stern plötzlich zwischen dunklen Nacht=
wolken erscheint.

Daß ich am Abende zur rechten Zeit am
Gitter mich einfand, brauche ich kaum zu sa=
gen. Sie kam ebenfalls, tanzte ein Weilchen,
wie es den Anschein hatte, ohne mich zu bemerken,
und als das endlich der Fall war, trat sie zu
mir und wir plauderten zusammen.

Am nächsten Abende erschien sie noch „im
Kostüme", aber ohne zu tanzen, und an den
folgenden Tagen kam sie im Hauskleide zum
Gitter, sobald die Lichter in unserem Hause er=
loschen waren, vom Tanze war keine Rede mehr,
dafür aber waren unsere Zusammenkünfte jetzt
regelmäßig organisirt, ohne daß ein Wort dar=
über gesprochen worden wäre.

Ein trüber, regnerischer Nachthimmel in=
dessen rief solche Worte hervor:

„Ich fürchte," sagte ich, „wir bekommen Re=
gen, wie sehr werde ich da entbehren, Sie nicht
sprechen zu können!"

„Warum nicht," erwiderte sie unbefangen, „kommen Sie hinüber zu mir, ich wohne ganz allein."

Ich erschrack, und weiß Gott wie Alles gekommen wäre, wenn nicht in diesem Augenblicke die ersten schweren Tropfen vom Himmel gefallen wären. Aber sie beschrieb mir jetzt flüchtig ihre Wohnung, oder besser den Eingang zu derselben, und da es jetzt stärker zu regnen begann, sagte sie:

„Also morgen um zehn Uhr," und lief fort, während ich selbst auf meine Stube zurückschlich.

Eine Menge nützlicher Betrachtungen und lobenswerther Vorsätze tauchten jetzt in mir auf. Bisher hatte ich mit dem reizenden Geschöpfe, wie es mir vorkam, auf die unschuldigste Weise von der Welt mich an unserem Gitter unterhalten, und obgleich ich natürlich wußte, daß sie eine Bewohnerin des widerwärtigen Nachbarhauses war, so kam sie mir eigentlich doch gar nicht als eine solche vor. Nun aber trat die Wirklichkeit abschreckend vor mich hin.

Ich, der Sohn des Hauses Staudenraus, sollte mich in jene Höhle begeben, welche ein Stein des Anstoßes für die Unsrigen war, ein chronischer Nachbarschaden, ein wunder Fleck in unserer Behaglichkeit. Wenn mich irgend Jemand des Gesindels da drüben erkennen würde? Wenn es der Vater erführe? Dann fragte ich mich, wer das Mädchen denn eigentlich sei. Ich wußte weder ihren Stand, noch ihren Namen, ja merkwürdiger Weise nicht einmal ihren Taufnamen.

Freilich machte sie eine lobenswürdige und besondere Ausnahme unter ihren Mitbewohnern, aber, hinüber zu gehen ging aus tausend Gründen denn doch nicht an, und ich nahm mir fest vor, das unter keiner Bedingung zu thun, wobei ich freilich im Geheimen hoffte, daß der jetzt strömende Regen bis morgen aufhören, und ich meine bekannte Unbekannte morgen des Abends am bewußten Gitter würde sprechen können.

Aber ich sprach sie nie mehr am Gitter, dafür aber erfuhr ich am andern Abend, daß sie Beda heiße, ein Name der wirlich im Kalender steht, obgleich ich ihn früher nie gehört, daß sie ein Mittelding von Statistin und dramatischer Künstlerin sei, und endlich, daß sie mir ein wenig gut sei, oder, wie man zu sagen pflegt, mich unaussprechlich liebe, und alle diese schönen Sachen erfuhr ich, wie gesagt, am nächsten Abende, einige Augenblicke nach der zehnten Stunde.

Der Teufel, welcher bisher mit besonderer Sorgfalt die ganze Geschichte geleitet hatte, konnte sich nun mit Bequemlichkeit zurückziehen und anderweitigen Geschäften obliegen, denn ich befand mich jetzt auf dem Standpunkte, ihm auf das Allervortrefflichste in die Hände zu arbeiten, und das ging einfach so zu.

Da das deutsche Wetter sich so leicht nicht von Kälte und Regen trennt, wenn es sich einmal in diese beiden Unzertrennlichen hineingelebt hat, so strömte den ganzen nächsten Tag ein kalter, eisiger Regen nieder, und während auf solche Weise meine Hoffnung auf das Gitter zunichte wurde, konnte ich mir nicht versagen, nach dem bewußten Fenster mit dunklem Hintergebäude, im Wohnhause zu spähen, und das zwar durchaus nicht ohne Erfolg. Denn kaum war ich an mein Fenster getreten, als sie sich an dem ihrigen zeigte und mir, auf die einfachste Weise von der Welt, die zehn ausgespreizten Finger ihrer beiden Hände zeigte.

Zehn Uhr des Abends!

Da ich kein geradezu verneinendes Zeichen geben wollte, so legte ich die rechte Hand auf

das Herz, worauf meine schöne Nachbarin freudig die Hände zusammenschlug, mir eine Kuß-
hand zuwarf, und in's Dunkle tauchte.

Sie hatte meine Pantomime für eine Beja-
hung genommen, und es ergab sich keine Gelegenheit mehr ihr diesen Irrthum zu benehmen,
denn sie war verschwunden und ließ sich den
ganzen Tag hindurch nicht mehr blicken, und
nun begannen meine Grund- und Vorsätze zu
schwanken, erst leise, dann stärker, und als es des
Abends drei Viertel auf zehn geschlagen hatte,
waren sie in schmähliche Trümmer gestürzt, ich
hüllte mich in meinen Mantel, was des Regen-
wetters halber wohl anging, und verließ unser
Haus, ohne daß dies Jemand aufgefallen wäre,
da ich nicht selten noch ziemlich spät des Abends
ausging, um mich nach meinen Studien im Kreise
einiger Bekannten zu erholen.

Freilich schlug mir mächtig das Herz, als
ich um die Ecke bog und das verhängnißvolle
Haus vor mir sah, welches auch von dieser
Seite keinen bessern Anblick bot, als von der
uns zugewandten. Aber ich sagte mir, daß es
jetzt zum Umkehren zu spät sei, und schritt, wenn
nicht muthig, doch rasch und entschlossen vorwärts. Großen Trost gewährte es mir, daß keine

lebende Seele auf dem Wege war, auch an der Thür des Hauses nicht, welche halb offen stand, und kaum war ich eingetreten und suchte, der gestern erhaltenen Weisung gemäß, im Dunklen nach der Treppe, als oben meine Freundin mit einem Lichte erschien und mit reizendem Lächeln mir aufwärts winkte.

Diese meine Freundin wurde indessen einige Minuten später meine Geliebte, denn nachdem die Thür ihrer Stube sich hinter mir geschlossen hatte, flog sie in meine Arme und überschüttete mich mit Küssen, wobei sie vor Freude zitternd ausrief:

„Ach, ich wußte es, daß Sie kommen wür= den, ich wußte es, aber Sie wissen nicht, wie unendlich glücklich Sie mich machen."

Da die Gedanken, welche man in solchen Augenblicken empfindet, aus einer verworrenen Reihe von Unklarheiten bestehen, so kann ich kaum etwas über dieselben berichten, und ich vermag nur zu sagen, daß ich den mir gewordenen freund= lichen Empfang auf vollkommen gleiche Weise erwiderte, bis sie mir endlich entschlüpfte und einen Augenblick lauschend stehen blieb.

„Es ist nichts," sagte sie dann, „und es hat Sie Niemand hereinkommen hören."

Vorsorglich hing sie aber dennoch ein Tuch
über das Schlüsselloch der Thür, dann bot sie
mir einen Stuhl, setzte sich auf einen niedern
Schemel zu meinen Füßen, und begann zu plau=
dern wie ein liebenswürdiges, fröhliches, unbe=
fangenes Kind, dessen höchster Wunsch soeben
erfüllt worden ist, und welches das Bedürfniß
fühlt, sein Herz auszuschütten gegen den, der es
glücklich gemacht hat.

So erfuhr ich, daß sie Beda heiße und eine
vater= und mutterlose Waise sei, und den Stand
einer dramatischen Künstlerin ergriffen habe. Vor=
läufig zwar noch zu unbedeutenden Rollen verwen=
det, fühlte sie aber den unabweisbaren Drang, sich
auszubilden, und da ihr die Natur die Gabe
einer vorzüglichen Stimme verweigert hatte, so
wollte sie, um doch wenigstens auf zwei Sätteln
gerecht zu sein, es mit der Tanzkunst versuchen.

Das erklärte ihr phantastisches, nächtliches
Auftreten im Garten.

Trotzdem daß man sich in Frankreich mit
mehr oder weniger Gemüthlichkeit die Köpfe ab=
schlug, tanzte man auf der Bühne deshalb den=
noch mit Leidenschaft, und gleichzeitig mit den
blutigen Ideen, welche die Schreckensherrschaft

über den Rhein schickte, sandte auch Terpsichore
ihre schwebenden Kinder.

Beda gab sich Mühe, denselben im Theater
ihre Künste abzulauschen, und da ihre Stube zu
klein war, um das Gesehene dort zu üben, that
sie es im Garten.

Ich fragte sie, warum sie nicht Unterricht
bei dem Balletmeister nähme, der, wie ich wußte,
eine ziemliche Anzahl von Schülerinnen hatte,
aber sie sagte mir, daß sie der Neid und die
Mißgunst der anderen Tänzerinnen davon ab-
hielte, und daß ihr nebenher die Mittel fehlten.
Sie wollte also durch eigene Kraft das zu erringen suchen, was den Anderen mühsam eingetrich-
tert wurde, und dann plötzlich mit ihrer Kunst
hervortreten.

Trotz der hie und da ein wenig sonderbaren
Sprünge, welche ich sie im Garten hatte machen
sehen, kam ich doch nicht recht dazu, ihre Er-
folge ernstlich zu bezweifeln, einfach aus dem
Grunde, weil ich in ihre glänzenden, liebesglück-
lichen Augen blickte, weil sie bisweilen ihre
Worte unterbrach, um mir die Hand zu streicheln, ja dieselbe zu küssen, und weil ich dann
wieder nicht umhin konnte, ihre schwarzen Locken
zu streicheln, wie man es einem theuren und

geliebten Kinde zu thun pflegt, kurz — weil ich
verliebt war, und mit jedem Augenblicke ver=
liebter wurde.

Glaube aber nicht, meine liebe Schwester
Melusine, daß die Liebesnetze, in welche ich mehr
und mehr verstrickt wurde, von den künstlichen
Händen einer Buhlerin gelegt wurden, welche
vielleicht nichts für mich empfand. Ich bin über=
zeugt, daß zu jener Zeit Beda mich aufrichtig
liebte, obgleich ich glaube, daß die Balletübungen
im Garten zum großen Theile den Zweck hatten,
meine Aufmerksamkeit auf sie zu lenken, da ich
sie vorher nicht beachtet hatte.

Ob indessen ihre Liebe zu mir einzig durch meine
Liebenswürdigkeit hervorgerufen wurde, oder ob
diese durch die Folie des Hauses Staudenraus
gehoben wurde, will ich nicht entscheiden, da die
Frauen sich stets zu dem hingezogen fühlen, den
sie in irgend einer Beziehung höher stehen sehen
als andere, während die Männer ziemlich häufig
leidenschaftlich, schwärmerisch, ehrlich und ein=
fältig, die Frauen aus geringeren Ständen
lieben.

Warum? Ich weiß es nicht. Vielleicht weil
sie selbst da kecker sind, oder weil ihnen die ent=
gegengebrachten Liebeszeichen unbefangener, oder

aufrichtiger f ch e i n e n, als jene ebenbürtige und commentmäßige Zärtlichkeit.

Merke wohl, liebe Melufine, daß ich f ch e i n e n fagte!

Nach diefen Dir — und leider muthmaßlich auch anderen Leuten — höchft langweiligen Be= trachtungen kehre ich zu Beda zurück und fage Dir, daß für mich jetzt eine Reihe der rofenfar= bigften Tage erfchien, die Liebes=Flitterwochen=Zeit, die reizende Zwillingsfchwefter der eheftändlichen Honigmonde, welche mit noch viel liebenswür= digerer Blindheit gefchlagen ift als diefe.

Was meine Studien betrifft, fo wurden diefe in zeitweiligen Ruheftand verfetzt, da ich bei Tage mich einzig aus der Entfernung mit Beda befchäftigte, die Abende aber in ihrer nächften Nähe zubrachte, und das zwar tagtäglich, oder beffer nachtnächtlich.

Nie in meinem Leben habe ich fo viele Speifen und Getränke, Nafchwerke und Süßigkeiten in meinen Tafchen getragen, als zu jener Zeit, dagegen aber auch nie mit größerem Behagen verzehrt, und mit noch größerem verzehren fehen, als damals mit Beda. Wie glücklich machte es mich, wenn ich ihr irgend eine Leckerei brachte, die ihr unbekannt war, welche fie anfänglich

prüfend kostete und dann vortrefflich fand! Die
Unordnung, welche fast stets in ihrer kleinen
Stube herrschte, kam mir reizend und genial
vor. Auf dem Tische standen Schuhe, lagen Schnür=
leibchen, vielleicht wohl selbst ein Strumpf, wenn=
gleich kein Strickstrumpf, dann ein oder der an=
dere ziemlich zerlesene Roman aus der Leihbi=
bliothek, oder ein Plätteisen und ein Schmink=
topf. Auf dem Boden befanden sich die Reste
der frugalen, über die Straße geholten Mittags=
mahlzeit, eine angefangene Nähterei, Wäsche, ein
Kohlenbecken und andere Gegenstände. Die
kleine Garderobe befand sich, wenn nicht eben=
falls auf der Diele, auf den Stühlen, während
die größere unregelmäßig auf dem Bette ver=
theilt war, und ich kann mich nicht erinnern, je=
mals in ihrer Stube ein Schubfach ihrer Ko=
mode gesehen zu haben, aus welcher nicht das
Endchen irgend eines Kleidungsstückes, jämmer=
lich eingeklemmt, hervor sah. Aber dennoch fan=
den wir Platz uns niederzulassen, und für meine
mitgebrachte Abendmahlzeit wurde der nöthige
Raum, wohl oder übel, zwischen tausend anderen
Dingen eben so rasch geschaffen. Man strich
eben mit der Hand bei Seite was im Wege

lag, und was auf die Erde fiel, blieb einfach liegen.

Wie glücklich machte es mich ferner, sie auf der Bühne zu sehen, obgleich sie nur in sehr untergeordneten Rollen auftrat, und ich begriff dort ganz das Glück, einen, freilich doppelt theuren Gegenstand als gefeierte Künstlerin auf den Brettern zu erblicken.

Ach, ich war sehr, ich war grenzenlos glück= lich in jenen Tagen.

Als ich aber eines Abends wie gewöhnlich über den Hausplatz ging, um mich hinüber zu Beda zu begeben, begann das Grenzenlose sich zu begrenzen.

Der alte Friedenreich trat mir entgegen und sagte flüsternd:

„Johannes, ich bitte Dich um Gotteswillen, treibe es nicht zu arg. Du weißt schon was ich meine, und da ich am Tage nicht ordentlich mit Dir sprechen kann, so habe ich hier auf Dich gewartet. Ich verrathe Dich nicht, aber Andere thun es wohl, und wenn der Vater noch nichts weiß, so wird das nicht lange mehr dauern. Und bedenke die Schande! Eine Komödiantin, und noch dazu da drüben, bei all' dem Lumpenpack, in dem dreimal vermaledeiten Hause. Du der

Sohn der Firma Staudenraus! So 'was war noch niemals da, und wenn es da war, so war's krumm und nahm ein krummes Ende! Und mache wenigstens die Läden zu, damit ich alter Mann nicht die halbe Nacht hindurch das Gelöffel mit ansehen muß. Ein Röckchen hängt sie über das Schlüsselloch, aber die Läden schließt sie nicht, und bei Lichte übersieht man die ganze Armuthei!"

Donnerwetter, die Läden! Das war mein erster Gedanke, der zweite: Beda eine andere Wohnung zu verschaffen. Die nutzlose Mühe, dem alten Friedenreich gegenüber die Sache zu leugnen, gab ich mir nicht, aber ich sagte zu ihm:

„Sag' dem Alten nichts!"

„Mit Vergnügen," versetzte er, „aber mit dem doppelten wollte ich es ihm sagen, wenn's 'was helfen würde. Ich fürchte aber, es wird schlimmer als besser, wenn er es erfährt."

Ich ging mit dem, was man bisweilen „ge= mischte Gefühle" nennt, zu Beda und schloß, so= bald ich eingetreten war, die bewußten Läden des einzigen Fensters. Sie fragte mich warum, und als ich ihr den Grund mittheilte, rief sie:

„Ach, was kümmert mich der alte Einfalts= pinsel!"

4*

Es war das erste Mal, daß ein Wort von ihr mich verletzte, doch sagte ich ruhig:

„Der Alte ist ein treuer Freund und meinte es gut, aber bedenke, wenn mein Vater hier herüber sehen würde!"

„Nun," erwiderte sie mit einem gewissen schnippischen Hochmuthe, „was wär's denn nachher? Ist denn das ein so außerordentliches Verbrechen, daß Du hier ein Stündchen mit mir plauderst, und ein Glas Wein mit mir trinkst! Aber ich mag heute gar Nichts!"

Freilich lag viel Taktlosigkeit und Widersinniges in diesen Worten, aber wem ist in ähnlichen Verhältnissen nicht auch schon Aehnliches begegnet?

Wem ist es ebenfalls nicht auch schon widerfahren, daß, eine halbe Stunde nach solchen Mißhelligkeiten beide Theile wieder ein Herz und ein Sinn waren? Nun, Beda verschmähte meinen Wein doch nicht so gänzlich, wie sie gesagt hatte, und als ich ihr später sagte, daß ich eine andere Wohnung für sie nehmen wolle, war sie außer sich vor Vergnügen.

Auch in anderer Beziehung war dies nicht blos räthlich, sondern selbst fast nöthig. Leute, wie die Bewohner dieses städtischen Besitzthums,

ſehen leicht hinweg über ähnliche Beſuche, wie
die meinigen bei Beda, wenn dieſe vorüber=
gehend ſind. Anhaltende, wohl vielleicht gar mit
ſogenannten ernſtlichen Abſichten verbundene,
aber erwecken den Neid, und die Mißgunſt ruft
die Gemeinheit auf's Schlachtfeld.

Es iſt füglich zu loben, daß andere Leute,
welche nicht in ſtädtiſchen Häuſern wohnen, frei
von dergleichen Leidenſchaften ſind, was aber
mich betrifft, ſo konnte ich überzeugt ſein, ſo oft
ich zu Beda ging, mehrfache, der ſchöneren und
edleren Hälfte des menſchlichen Geſchlechtes An=
gehörige, unter der Hausthüre oder auf der
Stiege zu treffen, welche mich mit möglichſt lau=
ter Stimme grüßten und bei Namen nannten,
mich warnten, auf der ſchlechten Stiege nicht zu
ſtraucheln oder mich nicht zu beſchmutzen, und
da bald auch noch andere, wenig zarte Bemer=
kungen mitunterliefen, ſo war ich herzlich froh,
als ich Beda in einer freundlichen Wohnung
der Vorſtadt untergebracht hatte.

Aber die Freundlichkeit und der Friede dauerte
leider nur kurze Zeit.

Mit Friedenreich wechſelte ich ſeit jenem
Abende keine Silbe mehr über die Sache, aber
die Mienen meines Vaters erweckten in mir

schlimme Befürchtungen, und es dauerte nicht
lange bis das Gewitter zum Ausbruche kam,
und das zwar mit unerwarteter Heftigkeit.

Unser guter Vater war durch freundliche
Seelen gut, und zugleich schlecht unterrichtet
worden.

Gut, weil ihm mein ganzes Verhältniß mit
Beda bis auf die unbedeutendste Kleinigkeit
bekannt war, schlecht, weil man ihm zehnmal
mehr hinterbracht hatte. Ungeheuerlichkeiten von
Leichtsinn und Verschwendung von meiner Seite,
von der ihrigen: eine ganze Musterkarte schlim=
mer und schlimmster Eigenschaften.

Weiß Gott wie Alles gekommen wäre, hätte
der Vater, anstatt mir alle diese Dinge in das
Antlitz zu schleudern, mich mit gütigen oder
wenigstens ruhigen Worten ermahnt, da aber
das nicht, sondern gerade das Gegentheil ge=
schah, so wurde in Zeit einer Viertelstunde aus
einem folgsamen Sohne ein ungerathener.

Er gab mir endlich eine Bedenkzeit von drei
Tagen, binnen welcher ich ihm meinen Ent=
schluß mittheilen sollte, aber das geschah mit so
harten und drohenden Worten, daß dieser mein
Entschluß schon vorher fast vollständig fest stand.

Aber während dieser drei Tage trat noch ein

anderer unglücklicher Gedanke an mich heran,
dessen ich mich vorher, mit Klarheit wenigstens,
nicht bewußt gewesen, eine fixe Idee, an welcher
bisweilen Jünglinge und Jungfrauen in ähn=
lichen Verhältnissen laboriren, nämlich die, daß
ich ohne Beda nicht leben könne.

Unbedingt ist dieser Standpunkt durch die
Zeit und allerlei Vorfälle, welche eben diese
Zeit mit sich bringt, zu überwinden, da aber
die mir zugestandene Frist eine zu kurze war,
so eröffnete ich nach deren Verlauf dem Vater,
daß ich nicht von Beda lassen werde.

„Es ist gut,“ erwiderte er.

Zum ersten Mal in meinem Leben sah ich zu
jener Zeit Friedenreich, die treue, alte Seele,
heimliche Thränen vergießen, was Beda betrifft,
so sagte sie, so lakonisch wie der Vater:

„Ich wußte, daß Du mich nicht verlassen
würdest,“ und was endlich mich selbst anlangt,
so war ich etwa ein Vierteljahr später mit Beda
verheirathet, und schlecht bestallter Concipient,
bei einem Advokaten in einer entfernten Stadt.

Freilich würzte die Liebe unsere höchst mäßi=
gen Mahlzeiten, und die Kartoffel, zu jener Zeit
noch nicht so allgemein beliebt wie heute, er=
freute sich unserer lebhaften und ununterbro=

chenen Anerkennung. Vielleicht hat es aber für Physiologen und Chemiker Interesse, zu erfahren, daß das Liebes-Gewürz auf die Frucht des Franz Drake in ziemlich kurzer Zeit nur noch geringe Wirkung äußert, und bald sogar gänzlich verliert.

Die zärtlichere und sensitivere Organisation der weiblichen Wesen scheint das zuerst zu empfinden, denn Beda fing an verdrossen und unzufrieden zu werden, und gab nicht verblümt, sondern ohne allen poetischen Schmuck ihre Sehnsucht nach den Fleischtöpfen Egyptens, d. h. nach den Süßigkeiten der vorhin erwähnten Liebes-Flitterwochen kund.

Welch' ein Schmerz für mich, dem geliebten Wesen es einfach aus dem Grunde versagen zu müssen, weil mein spärlicher Erwerb eben nur knapp für das Allernöthigste hinreichte. Aber ich kam nicht dazu, auch darüber Kummer zu empfinden, daß Beda das Unmögliche und eigentlich mit wenig Zartheit verlangte, denn plötzlich erschien, Hunger und Kummer verjagend, ein Brief des alten Friedenreich mit Geld und tröstenden Worten.

„Du bist starrköpfig gewesen, als echter Staudenraus," schrieb er, „wie auch Dein Herr

Vater und mein Herr Prinzipal solche Stau=
benraus'sche Bockbeinigkeit an den Tag gelegt
hat. Ist ihm aber nicht allzu sehr zu verargen,
weil Du Deine liebe Frau gerade mitten in dem
fatalen Nachbarschafts=Gesindel aufgefunden und
geheirathet hast.

Der allermiserabelste Fundort wäre der Firma
acceptabler gewesen, als eben der. Dem Herrn
Vater aber, und mir selbsten, liegt aber auch
noch abscheulich im Magen, daß Du jetzt einen
Schreibtaglöhner machst, und, wie uns geschrie=
ben wird, nicht daran zu denken scheinst, Dein
Examen zu machen. Büffle, o Johannes, mache
und bestehe Dein Examen, und das Schlimmste,
die Enterbung, kann dann vielleicht abgewendet
werden, ich armes, altes Hausthier kann dann
solches muthmaßlich zu wege bringen, so aber
nichts für Dich, den bei Nacht und Nebel Flöten=
gegangenen."

Doch hatte er, wie er weiter schrieb, den
Vater bewogen, mir eine monatliche Geldunter=
stützung zukommen zu lassen, aber er beschwor
mich, weder dem Vater dafür zu danken, noch
sonst überhaupt an denselben zu schreiben, nur
wenn ich mein Examen gemacht, solle ich in
einem reumüthigen gehaltenen Briefe dem Alten

das anzeigen. „Er will's nicht Wort haben,‟ schrieb er, „daß Du ihm noch im Herzen liegst, also schweige vorläufig.‟

Beda war überglücklich, obgleich von einigen Stellen in Friedenreich's Briefe nicht besonders erbaut.

„Dein Vater fängt endlich an einzusehen, daß er mir schweres Unrecht gethan hat,‟ sagte sie, „und er wird noch vollständig begreifen, daß Aufklärung mehr werth ist als das schnöde Geld.‟

Hätte Beda in unseren Tagen gelebt, so würde sie statt Aufklärung, Bildung gesagt haben. Aber jenesmal war eben Aufklärung Mode, und das rechtschaffene Wort wurde zu jener Zeit begrifflich nicht weniger mißbraucht, als heutzutage die Bildung.

Wir speisten übrigens an jenen und den folgenden vierzehn Tagen höchst aufgeklärt und gebildet, und da nach dieser Zeit der väterliche Zuschuß aufgezehrt war, so begann Beda zu borgen, weil wir uns einen gewissen Credit angegessen hatten.

Was mich betrifft, so schrieb ich dankend an Friedenreich und bat ihn, auch dem Vater meinen heißen Dank auszusprechen. Indessen gab

ich meine Concipienten=Stelle nicht vollständig
auf, brach mir aber täglich einige Stunden Schlaf
ab, um zu studiren.

Beda fand das in hohem Grade langweilig.

„Was brauchst Du Dich mit dem dummen
Zeuge zu quälen, von dem ich keine Silbe ver=
stehe," sagte sie, „da Dein Vater jetzt doch Geld
schickt. Schreibe lieber ein schönes Lesebuch,
wie man sie in den Leihbibliotheken bekömmt,
etwas von alten Rittern und von Pfaffen, wo man
sich fürchten und weinen muß. Das liest Du
mir dann vor, und es giebt einen Hauptspaß."

Ich ließ mich aber nicht beirren, und fuhr
fort wie ich begonnen hatte, als aber nach Ab=
lauf des Monats die zweite Geldsammlung
Friedenreichs anlangte, und wieder die bringen=
den Bitten beigefügt waren, dem Vater ja nicht
zu danken, fing ich an Verdacht zu schöpfen, daß
die milde Gabe aus der Tasche des guten Alten
geflossen sei, und das zwar hinter des Vaters
Rücken. Ich schrieb ihm das.

„In Gottes Namen ja," gab er zur Antwort.
„Ich kann in die Länge nicht lügen, lüge aber
Du gegen die Firma, das heißt, lieber Johannes,
halte ganz und gar das Maul. Eine Ambition
gegen mich alten Mann, der Dich als kleines

Gewürm schon auf seinen Armen getragen hat, kann aber von Deiner Seite aus gar nicht statt finden, nimm also ohne zu mucksen auch meine ferneren Rimessen. Alles ist verdient worden bei den Staudenranzen, wie billig, soll es ihnen also auch wieder zu Gute geschrieben werden. Ich stehe im letzten Futter, und hört die Fütterung überhaupt einmal auf, das will bedeuten: wenn ich einmal zu den anderen, seligen Friedenreichen in's allgemeine, große Friedenreich eingegangen bin, seid ihr, Du und noch Eine, doch die Prä=sentanten auf meinem letzten Wechsel. Also!"

Melusine unterbrach hier ihren Bruder:

„Die noch Eine," sagte sie düster, „war ich, das zweite ungerathene Kind. Wie Dich, so unterstützte er auch mich in der bittersten Noth, und sein Erbe rettete mich vom Hungertode, und brach mir das Herz."

„Schön gesagt," erwiderte Johannes, „wenn=gleich einigermaßen unverständlich. Aber freilich errieth ich schon jenesmal, daß Du gemeint warst, so oft ich aber mich auch nach Dir erkundigte, er gab mir niemals Antwort, und ich begann zu fürchten, daß Du den Groll des Vaters theil=test, und daß Schonung gegen mich ihn schwei=gen ließ."

„Ja," sagte Melusine schmerzlich lächelnd, „die Schonung hieß ihn schweigen, aber die gegen mich Unglückliche. Er hatte nicht meinen Groll zu verschweigen, der gute Alte, sondern meine Schmach, nicht meinen Unwillen, sondern meinen Leichtsinn."

Johannes versetzte:

„Daß etwas nicht ganz in der Ordnung sei, begann ich endlich wohl auch zu fürchten, aber Genaueres war nicht möglich zu erfahren, denn Friedenreich schwieg hartnäckig, und ein Freund hier in der Stadt, an den ich schrieb, gab mir zur Antwort, daß ein unbestimmtes Gerücht bestehe, Du seist im Auslande verheirathet, aber das Schreiben war so kühl abgefaßt, daß ich wohl sah, der tugendhafte Jüngling wolle mit einem Sünder wie ich, ferner nichts zu schaffen haben. Ich fand keine Zeit, mich hierüber zu ärgern, und auch die fruchtlosen Nachforschungen nach Dir gab ich nothgebrungen bald auf, da ich im eigenen Hause mehr als zu viel zu schaffen hatte.

Arbeit zuerst um's liebe Brod, da die Zuschüsse Friedenreich's nicht reichten, Arbeit anderer Art, Studien, um das Examen zu machen und vielleicht den Vater milder zu stimmen. Arbeiten endliche, welche vom mythologischen Standpunkte

aus an die Bemühungen der Danaiden in der
Unterwelt erinnerten, welche bekanntlich die an=
genehme Aufgabe hatten, ein durchlöchertes Faß
mit Wasser zu füllen, und dann an eine ge=
wisse Arbeit des Hercules, bezüglich der Ställe
des Königs Augias.

Mit anderen Worten: Meine liebe Frau war
zwar keine eigentliche Verschwenderin, aber da=
für die personifizirte Sorglosigkeit, und um sie
und mich nicht hungern zu lassen, war von meiner
Seite die äußerste Anstrengung nöthig.

Auf der andern Seite bemerkte ich jetzt eine
ziemliche Anzahl kleiner, moralischer Unebenhei=
ten, Unarten wenn man will, an ihr, welche frei=
lich die Folge einer schlechten Erziehung waren,
welche ich aber zu beseitigen trachtete, nicht meinet=
halben, sondern ihretwegen, da ich sie fehlerfrei
sehen wollte, weil ich sie immer noch liebte.

Das Geld in's Haus schaffen war die Da=
naidenarbeit, die Verbesserung Beda's die Arbeit
des Hercules in den bewußten Ställen, leider
aber meinerseits mit negativem Erfolg.

„Du hättest eine Andere nehmen sollen, wenn
ich Dir nicht recht bin,“ sagte Beda, wenn ich
ihr wegen diesem und jenem die ruhigsten Vor=
stellungen machte, dann folgten· heftige Scenen,

Leidenschaftlichkeiten und viele, aber wenig, oder
eigentlich gar nicht gewählte Worte. Zu loben
ist indessen, daß Thränen fast nie flossen und
Ohnmachten gar nicht vorkamen.

Und ich? Bereute ich sie geheirathet zu haben?
Liebte ich sie weniger oder gar nicht mehr?

Nichts von alle dem. Sei es nun, daß
die Liebe eine süße Gewohnheit ist, wie jene
des Daseins, sei es, daß man theuer erkaufte
Gegenstände höher schätzt als billig erstandene,
und Beda war wirklich ein theurer Artikel, mo=
ralisch und physisch, kurz ich liebte sie wie vor=
her, und wenn sie mir das Leben recht sauer
machte, rief ich mir die ersten Zeiten unserer Liebe
in das Gedächtniß zurück, und das drängte die
Gegenwart in den Hintergrund.

War ich in jener Zeit ein edelmüthiger junger
Mann, oder ein Esel? Ich weiß das selbst nicht
genau, da man aber von geschehenen Dingen
stets das Beste reden soll, so wollen wir an=
nehmen, das mein jenesmaliges Wesen aus
einer angenehmen Mengung von beiden bestan=
den habe.

Trotz aller dieser Dinge machte ich dennoch
mein Examen, aber der ehrfurchtsvolle Brief
an den Vater, in welchem ich ihm dieses mit=

theilte, blieb unbeantwortet, und Beda verdarb,
wie ich fürchte, vollends Alles, indem sie hinter
meinem Rücken ebenfalls an denselben schrieb,
und das zwar, wie mir Friedenreich mittheilte,
auf höchst unpassende Weise.

Um diese Zeit machte ich die Bekanntschaft
eines verständigen und liebenswürdigen Mannes,
welcher mir wirklich auf liebreiche Weise meine
Sorge tragen half. Er nannte sich Barton,
war etwa fünf oder sechs Jahre älter als ich, und
hatte weite Reisen gemacht, von welchen er aber
bescheidener Weise nur wenig zu sprechen pflegte,
dagegen aber andere Kenntnisse, welche er be=
saß, gern an den Tag gab, und in jeder Be=
ziehung ein angenehmer Gesellschafter war.

Geschäfte führten ihn bald ab, bald zu, und
es war jedesmal ein Fest für die wenigen Be=
kannten, welche ich hatte, und eben so für mich,
wenn er auf Tage oder Wochen unsere Stadt
besuchte. Ich führte ihn endlich in meine be=
scheidene Wohnung ein, und er war so glücklich
auch Beda zu gefallen, welche sonst durchschnitt=
lich Leute nicht zu beloben pflegte, die mir zu
gefallen schienen.

Selbstverständlich ließ ich gegen Barton keine
Klagen über meine häuslichen Verhältnisse laut

werden, als gewandter Mann kam er indessen bald auf die wahre Lage der Sache und sprach tröstende und versöhnende Worte.

„Ihre liebe Beda," sagte er, „ist noch jung, und es steckt kein schlimmer Kern in ihr. Ich weiß recht gut, was Sie an ihr anders haben möchten, aber dergleichen schleift sich mit der Zeit ab, und kommen Sie, was nicht ausbleiben kann, in bessere Verhältnisse, so macht sich das mit Riesenschritten. Ihr Herr Vater wird nicht ewig grollen, Sie selbst werden sich eine bessere Stellung erringen, ein ausgedehnter Kreis Ihrer Bekannten bleibt dann nicht aus, und die bessere Gesellschaft, in welche Sie dann Ihre liebe Frau führen werden, wirkt Wunder, verlassen Sie sich darauf."

Gebe es Gott, dachte ich, daß Alles so kommen mag, die guten Verhältnisse, die bessere Gesellschaft und die Wunder, welche dieselbe wirken soll. Aber ich verbarg gelinde Zweifel, welche ich hegte, da Beda freilich schmackhafter Kost und schönen Kleidern durchaus nicht abgeneigt war, die sogenannte gute Gesellschaft aber „affectirt" schalt und abscheulich langweilig fand, und nebenher behauptete, daß sie gerade so „gescheidt" sei, wie alle die gezierten Affen.

Wenn Jemand das Glück oder Unglück hat, in Mißhelligkeiten und Mißverständnisse zwischen Eheleuten, oder guten Freunden, eingeweiht zu werden, so handelt derselbe nicht allein anständig, sondern auch vernünftig, wenn er, mit Maß und Ziel, beiden Theilen Unrecht giebt und beide auf die betreffenden Fehler aufmerksam zu machen sucht.

Diese gute Eigenschaft, welche leider nicht Jedermann besitzt, die aber ein ausschließliches Eigenthum der Frauen sein soll, besaß indessen Barton in hohem Grade.

Während er mir Geduld anempfahl, machte er Beda auf ihre Fehler aufmerksam, und es wollte fast scheinen, nicht ganz ohne Hoffnung auf Erfolg, denn obgleich sie anfänglich sagte:

„Ich kann das einfältige Hofmeistern dieses superklugen Barton nicht ausstehen," so war doch deutlich zu ersehen, daß sich eine Aenderung mit ihr begeben hatte, und daß mancherlei kleine Mängel schwanden.

Wenn ich sie deshalb womöglich doppelt liebte, so begann ich auf der andern Seite einzusehen, daß ich niemals einen Freund wie Barton besessen, und ich fand mich stets angenehm berührt, wenn ich nach Hause kam und Barton bei meiner

Beda antraf. Offenbar, meine liebe Melusine, fällt Dir hier auf, daß ich nicht eifersüchtig geworden, aber ich kannte meine Leute.

Barton war der Mann nicht, welcher darauf ausging, bei Frauen Glück zu machen, obgleich bei seinen Gaben ihm das wohl nicht schwer gefallen sein würde. Aber ein Glas Wein, in Gesellschaft einiger Freunde genossen, war ihm offenbar lieber, als eine Tasse Thee im Kreise der liebenswürdigsten Damen. Vor Allem aber lag ihm das Solide am Herzen, das heißt seine Geschäfte, und da er theils Agent mehrerer angesehener Häuser, theils Mitbesitzer von Hammerwerken, Hütten und anderen gewerblichen Instituten war, welche jenesmal in lebhaften Aufschwung zu kommen anfingen, so war er vollauf beschäftigt und hatte wahrlich zum Courmachen keine Zeit.

Deshalb rechnete ich ihm, dem Manne, dem das Geld, im bessern Sinne des Wortes, am Herzen lag, es hoch an, daß er aus Freundschaft für mich manche hübsche Stunde mit Beda verlor, um sie auf bessere Wege zu bringen.

Was Beda betrifft, so hatte sie freilich ihre Fehler, bezüglich der Treue aber konnte ich mich

auf sie verlassen, aus ihrem ganzen Wesen ging
das hervor, aus ihren Aeußerungen über pflicht=
vergessene Frauen, aus ihrem Grolle und ihrer
Verachtung über Alles was gegen die Sittlich=
keit verstieß. Da die Erziehung, welche sie ge=
nossen hatte, ohne Zweifel diese Richtung ihres
Charakters nicht vollkommen bedingte, so lag diese
Reinheit der Sitten in ihrer Natur, sie war ihr
angeboren, und ich hätte Beda in den Armen
eines Mannes treffen können, und wäre dennoch
von ihrer Schuldlosigkeit überzeugt gewesen. Wäre
es indessen nöthig gewesen, noch eine weitere
Bürgschaft für ihre Treue zu haben, so hätte diese
in ihrem Benehmen gegen mich gelegen.

Wenn ein Mann pflichtvergessen genug ist,
gegen seine Frau irgendwie untreu zu sein, so
verdoppelt er seine Aufmerksamkeit gegen die=
selbe, vielleicht weniger aus Heuchelei, als weil
er, instinctartig einen Theil seiner Schuld auf
diese Weise wieder abtragen will.

Eine Frau hingegen, welche auf rosenfarbigen
Abwegen wandelt, beginnt sofort ihren Mann
gründlich zu hassen und bereitet ihm allen erdenk=
lichen Schabernack, und das zwar wieder nicht
aus Heuchelei, sondern aus edler Offenheit, da
das weibliche Herz stets nur einen Gegenstand

auf einmal lieben kann, und dem grollen muß, der ihm hierbei im Wege steht."

„Pfui," rief Melusine, „was sagst Du da für abscheuliche Dinge, wenn das andere Frauen hören würden!"

„Die Frauen, welche dies hören werden," erwiderte Johannes, sich verbindlich gegen seine Schwester verbeugend, „waren nie in ähnlichen Fällen, es kann sie also nicht berühren, meine liebe Beda aber, war zu jener Zeit so liebevoll gegen mich, und ihre kleinen Untugenden schwanden so ersichtlich, daß für mich, der wie ich schon erwähnte, nicht ohne eine gewisse Erfahrung war, auch in diesem ihren Benehmen eine hinreichende Garantie lag.

Trotz dem aber, daß mein häuslicher Horizont sich also zu erheitern begann, brachen plötzlich schwere Prüfungen über uns herein. Die Geldsendung Friedenreich's blieb eines Monats aus, und da wir stets auf dieselbe gerechnet hatten, so geriethen wir bald in dringende Verlegenheit.

Nicht blos der Müssigang allein ist aller Laster Anfang, auch die Noth, seine liebe Muhme, erzeugt allerlei Untugenden, und da unter diesen sich auch die Unbescheidenheit befindet, so schrieb ich endlich an Friedenreich, aber meine Briefe kamen uneröffnet zurück.

„Gott wird helfen," sagte Barton. Er selbst, Barton nämlich, aber war das nicht zu thun im Stande, indem eben seine Kasse leer war, und er verließ die Stadt, wie ich vermuthete, in der Absicht, bei seinen Geschäftsfreunden Geld aufzutreiben, um unserer augenblicklichen Noth zu steuern.

Sie war verschwunden, als er wiederkehrte.

Der brave, alte Friedenreich war gestorben, ich nahm, unter aufrichtigen Thränen, seine Erbschaft in Empfang, welche an die Gerichte geschickt und mir ausgehändigt wurde, und da die Summe, welche ich erhalten hatte, zumal für unsere Umstände, eine bedeutende genannt werden konnte, so war zu hoffen, daß wir bei einiger Sparsamkeit ziemlich bequem würden leben können, bis ich eine Anstellung erhielt.

Ich gab, damit dies eher der Fall sein sollte, meine Stellung bei dem Advokaten gänzlich auf, und widmete mich vollständig dem juristischen Praktikantenleben, bei welchem man, wenn man will, viele Arbeit, und, man mag eben wollen oder nicht, nur wenige Geldeinnahmen hat.

Freilich hatte ich mit Beda nun wieder mancher=

lei Kämpfe zu bestehen. Jetzt, da Geld im Hause und Freund Barton abwesend, kam sie auf die alten Sprünge, ja fast ärger als vorher, und begann zu wirthschaften als läge des Fortunatus Säckel in unserem Kasten, und nicht des ehrlichen Friedenreich sauer erworbener Sparpfenning.

Ich war genöthigt, energisch einzuschreiten, wodurch höchst unliebe Scenen herbeigeführt wurden, und ich Vorwürfe zu hören bekam, welche ehe ihr als mir gebührten.

Als rettender Engel erschien zu rechter Zeit Barton, der erfreut uns beglückwünschte und dann Frieden zu stiften suchte.

„Seid sparsam, Kinder," sagte er, „mit Vielem hält man Haus, mit Wenig kommt man aus! Und gut leben, und wohl leben, ist verschieden Ding."

Das war auf meine Frau gemünzt, aber um sie nicht zu verletzen, richtete er diese und andere Ermahnungen stets an uns Beide, und in der That war es merkwürdig, welche Gewalt er über Beda ausübte, und wie sie bald wieder vollständig gezähmt war.

„Dieser Barton," sagte sie lachend, „versteht das Hauswesen besser als zehn Frauen. Stundenweise sitzt er bei mir, und rechnet mir vor, wie viel man jährlich sparen könne, auch an den unbedeutendsten Kleinigkeiten. Eine versalzene Suppe nennt er schon eine Verschwendung, und so macht er es mit tausend Dingen, er hat mich schon ganz bekehrt."

Mit mir war Barton zufrieden.

„Du arbeitest für zwei," sagte er, „und wirst deswegen auf eine Anstellung auch nur die halbe Zeit zu warten haben. Fahre so fort. Sei der erste in der Amtsstube, und der letzte, der sie verläßt, und giebt es auswärts zu thun, so versäume dergleichen nicht. Du bist vielleicht genöthigt Landkost zu verzehren und in schlechten Betten zu schlafen, aber Du bringst ein halbes Dutzend Diäten-Thaler mit nach Hause, während Du, wärst Du in der Stadt geblieben, keinen Heller verdient hättest."

Er versprach mich einmal auf einer solchen Commissions-Reise zu begleiten, als ich ihm aber einige Wochen nach der Umgestaltung meines Schicksals aufforderte, sein Wort zu lösen, da ich am folgenden Morgen über Land gehen mußte, entschuldigte er sich und sagte, daß er ebenfalls reisen müsse, und muthmaßlich selbst einige Tage länger als ich ausbleiben werde.

Er reiste wirklich, und blieb auch in der

That länger aus, als ich. Auch meine liebe Frau Beda, geborene Soundso, reiste mit ihm, desgleichen die Erbschaft des alten Friedenreich, und was sonst noch von meiner Habe einiger= maßen von Werth und leicht transportabel war, und ich trat in jener Zeit den Stand eines per= petuirlichen Strohwittwers an, in welchem ich bis heute verblieben bin."

Johannes schwieg, und Melusine sagte:

„Das schändliche, undankbare Weib! Aber warum hat Gott einen Fluch gelegt auf die Liebesgabe des besten aller Menschen, des wacke= ren Friedenreich? Wie entdecktest Du aber Dein Unglück, wie ertrugst Du es, und was begannst Du ferner?"

„Die Entdeckung," versetzte Johannes, „er= gab der Augenschein, und das Factum war nebenher auch brieflich documentirt, und durch Zeugen bestätigt. Das will sagen, daß ich, als ich am dritten Tage des Abends von meiner Reise zurückkam, Kisten und Kasten leer fand, daß mir der alte Gärtner, bei welchem wir eine romantische Gartenwohnung inne hatten, sagte, daß Madame einige Stunden nach mir ebenfalls abgereist sei, und ein zurückgelassener Brief wahr= scheinlich das Nähere besagen werde. Dieser Brief, welchen ich, als Andenken an die liebe Entflohene, noch heute verwahre, lautet, abgesehen von einigen orthographischen Verstößen, folgendermaßen:

„Geliebter Johannes!

Dein Geiz und Deine Interessirung macht es mir unmöglich länger mit Dir zu leben, da ich als die Gemahlin eines Sohnes aus so reichem Hause nichts als Lumperei und Oekonomie erdulden mußte. Der Herr Barton hat mir das täglich erklärt, wo Du so dumm warst zu glauben, daß er mich in der Knauserei abrichten thäte, und ich gehe jetzt mit ihm auf seine vielen Güter in Amerika, wo wir ein so herrliches Leben führen werden, wie es eine so schöne und brave junge Frau, als ich bin, verdient. Ich verbleibe mit aller Achtung

Deine Dich liebende Beda.“

Auf diese Weise erfuhr ich, was vorgegangen war, und obgleich der Styl von Beda's Brief mancherlei zu wünschen übrig ließ, beleuchtete er doch mit wunderbarer Klarheit Barton's Handlungsweise und ihre Falschheit gegen mich. Freilich gab mir das einen Stich in's Herz, der stach aber sie todt, die bisher noch immer darin gesessen hatte, nicht mich, und so gerieth ich weniger in Liebeskummer, als in eine gren=

zenlose Wuth, in eine Raserei, deren ich mich
selbst niemals fähig gehalten hätte.

Sie wurde nicht gemildert durch einen Fund,
den ich machte, während ich zornig in den zu=
rückgelassenen Gegenständen stöberte.

Barton hatte, als vorsichtiger Mann, wie es
scheinen wollte, meine Baarschaft in eigene Ver=
wahrung genommen, Beda hingegen ebenfalls
ein kleines Taschengeld, eine nicht ganz unbe=
deutende Summe, für den Nothfall bei Seite
gebracht und in einem Kästchen geborgen, wel=
ches sie in der Eile der Flucht, sicher sehr un=
lieb, zurückgelassen hatte. Neben diesem vergesse=
nen Gelde befand sich in dem Kästchen noch ein
Porträt Barton's und Briefe von ihm, aus wel=
chen, neben nicht besonders schmeichelhaften Aeu=
ßerungen über meine Person, auch noch hervor=
ging, daß Barton mehrmals heimliche Reisen
nach unserer Vaterstadt gemacht hatte, um unter
der Hand zu erkunden, ob der Groll unseres
Vaters sich gelegt, und ob Hoffnung auf sein
Erbe, oder doch auf eine gewisse, größere Summe
für mich zu fassen sei. Diese Forschungen waren
aber negativ ausgefallen, und so hatte der ge=
nügsame Barton ohne Zweifel beschlossen, mit

den Friedenreich'schen Sparpfenningen vorlieb,
und nebenher Beda in den Kauf zu nehmen.

Wäre ich jetzt, nach der Flucht Beda's, zum
Vater zurückgekehrt, wer weiß, wie ganz anders
Alles gekommen wäre. Nachsucht aber und
gekränkte Eitelkeit, denn ich gestehe, daß ein
Rest von Liebe gegen Beda mich wohl anders
hätte handeln lassen, trieben mich in die Welt.

Ich machte das Wenige, was man mir ge=
lassen, zu Geld, und verfolgte eine unsichere Spur
der Flüchtigen, welche mich nach Westen führte
wo man so eben begann, sich auf soldatischem
und regelmäßigem Wege zu tödten, während
man sich vorher auf bürgerliche und Civilma=
nier erwürgt hatte. Meine Entflohenen aber
dort zu suchen, war mit einer Unzahl von
Schwierigkeiten verknüpft, denn Blut und Mord
löscht leicht die Spuren geringerer Verbrechen —
aber ich habe Dir, liebe Melusine, nur erzählen
wollen, wie ich aus dem Vaterhause und in die
Welt gekommen, und wie der unheilbare Bruch
mit dem Vater entstanden, und das weißt Du
jetzt zur Genüge."

Er schwieg und Melusine sagte nach einer
kleinen Pause:

„Meine Geschichte ist, ihrem Wesen nach, der

Deinigen sehr ähnlich, ich deutete das vorhin schon an und bedarf deshalb nur weniger Worte, wenn Du sie überhaupt hören willst.

Du weißt, daß ich aus der Pension zurückkam, allerdings ausgerüstet mit einer Menge von Kenntnissen, welche für die große Welt passen, eben so unerfahren aber in Allem, was eine nur halbweg tüchtige Hausfrau zu wissen braucht. Um das zu lernen, schickte mich der Vater zu der Muhme Goldscheider, welche ich schon als Kind einmal in unserer Stadt gesehen hatte, und welche als Muster der Häuslichkeit bekannt war, und als ich jenesmal die drei Tage dauernde Reise antrat, hatte ich zwar Furcht vor den Töpfen und Tiegeln der Muhme, daß ich aber das Vaterhaus erst in meinen alten Tagen wieder sehen sollte, kam mir freilich nicht in den Sinn.

Was nun die Muhme betrifft, so war sie eines der sonderbarsten Geschöpfe, welche mir jemals vorgekommen sind, und diese Sonderbarkeiten trugen vielleicht nicht wenig zu meinem Unglücke bei. Sie war nie verheirathet, und hatte nur ein einziges Mal geliebt, aber sie überwarf sich mit ihrem Geliebten, weil derselbe eine gewisse Mehlspeise hartnäckig mit dem

Messer zerschnitt, anstatt sie, der Regel gemäß, mit der Gabel, oder dem Löffel zu zertheilen; und obgleich sie uns nicht selten von dieser ihrer ersten und einzigen Liebe erzählte, so geschah dies doch niemals mit dem geringsten Anflug einer schwärmerischen Rückerinnerung, sondern stets mehr mit einem schmerzlichen Gefühle über jene mißhandelte Mehlspeise.

Ich hörte einmal sagen, daß das Wahre nicht selten höchst unwahrscheinlich klingt, und in der That mag das auf die Muhme Goldscheider bezogen werden, denn sanfte Gefühle waren ihrem Herzen vollständig fremd, und ebenso hatte sie nicht den mindesten Sinn für Liebesfreuden und =Leiden Anderer, und alle ihre Gedanken drehten sich einzig um Kochen, Braten, Backen, Waschen und Fegen, oben an aber stand die Bereitung von Mehlspeisen und das Einmachen von Früchten, welche Kunst ihr für die höchste galt.

Sie war also nur eine halbe Frau, oder ihre Liebes= und Herzenshälfte war durch das Eingemachte verdrängt oder ersetzt worden.

Etwa ein halbes Dutzend junge Mädchen aus der Stadt besuchten neben mir einigemale in der Woche diese ihre süße Schule, und es fiel mir sogleich in den ersten Tagen höchlich auf, daß sich dieselben in Gegenwart der Muhme ziemlich ungescheut über mancherlei Herzens= angelegenheiten unterhielten, und sie dergleichen kaum zu hören oder zu beachten schien, während es ihrer Aufmerksamkeit niemals entging, wenn eine einzige Pflaume zu viel oder zu wenig für die vorgeschriebene Menge Zuckers genommen wurde.

Um nicht allzu lange zu plaudern, so will ich sagen, daß ich im elterlichen Hause eines dieser Mädchen, welches ich besuchen durfte, die Be= kanntschaft eines jungen Edelmanns machte, eines Grafen Waldheim, welcher anfänglich nur we= nigen Eindruck auf mich machte, dann aber mein Herz vollständig gewann.

Waldheim war ein erfahrener und gewandter Mann, der mannichfach in der Welt herum ge= kommen war, und namentlich im Umgange mit Frauen der Liebenswürdigste und Zuvorkom= mendste war, flog gleich zu Zeiten eine düstere Wolke über sein Antlitz. In solchen Augen= blicken war er aber dann ernst und schweigsam, oder er sprach bittere und ironische Worte, und eigentlich war es eben das, was mich zuerst be= wog, ihm nähere Aufmerksamkeit zu schenken.

Ich will wahrlich die Millionen unnützer

Worte nicht noch vermehren, welche schon über die Liebe gesprochen worden sind. Das aber muß ich denn doch bemerken, daß, wie ich glaube, kein Mann einen wahrhaften Begriff davon hat, wie ein Frauenherz liebt, ein wirkliches, ein echtes Frauenherz, ich sage nicht einmal: ein tugendhaftes, so toll es im Munde einer Frau auch immer klingen mag.

Aber es ist nicht anmaßend, wenn ich sage, daß wir Frauen wohl wissen wie ihr Männer liebt, einfach aus dem Grunde, weil bei euch das eine Nebensache, was bei uns der Zweck und die Bestimmung unseres Lebens.

Freilich war mir zu jener Zeit das Alles vollständig fremd, ich wußte blos, daß ich Waldheim liebte, und daß ich namenlos glücklich war, da er, der beste und edelste Mensch, meine Neigung erwiderte, und es machte mich doppelt glücklich, daß die düstere Stimmung, welche ihn bisweilen beschlich, dieser unserer jungen Liebe gewichen schien.

Halb vielleicht aus Pflichtgefühl, zum Theile aber wohl auch, weil man sein Glück gern Anderen mittheilt, eröffnete ich der Muhme Goldscheiber was mein ganzes Herz erfüllte.

„Du hast," meinte sie, „in zwei Aprikosen

die Kerne gelassen, thue mir die Liebe und nimm sie vor Allem heraus, der junge Herr kommt mir aber nicht in's Haus, da hört es mit dem Arbeiten auf, und wahrscheinlich ist er auch ein Solcher!"

Was für Einer? Muthmaßlich ein Verräther, der Butterspätzchen mit dem Messer schnitt. Aber ich erfuhr das nicht, denn ich nahm die Kerne aus den Aprikosen und schwieg.

Ernsthafte Bedenken erwachten aber jetzt in mir. Es konnte nicht verschwiegen bleiben, daß der Graf und ich uns liebten, aber wenn auch, durfte, konnte ich ein solches Verhältniß fortführen, ohne das Wissen meines Vaters? Mein Gewissen wäre vielleicht beschwichtigt gewesen, wenn die Muhme auf meine Eröffnungen eingegangen wäre, da sie aber dieselben vollständig ignorirte, und auch in den folgenden Tagen und Wochen der Sache keine Erwähnung that, so begann sich meiner eine unbestimmte Angst zu bemächtigen, und ich beschloß, dem Vater zu schreiben.

Was aber eigentlich? Waldheim hatte mir tausendmal gesagt, daß er mich mehr liebe als sein Leben, daß eine wunderbare Veränderung in ihm vorgegangen, seit er mich kennen gelernt,

daß sein letzter Hauch mein Name sein werde,
und tausend Aehnliches, wann, wo und wie
aber unsere Verbindung stattfinden sollte, davon
hatte er nie gesprochen. Ich glaubte daher we=
der unvernünftig noch unbescheiden zu handeln,
wenn ich Waldheim in Kenntniß setzte, daß ich
beabsichtige, an unsern Vater zu schreiben, und
ihn fragte, ob er es mißbillige.

Ersichtlich erschrak er zuerst bei dieser meiner
Mittheilung, dann bat er mich, meinen Entschluß
noch einige Tage zu verzögern, und während
dieser Zeit war er dergestalt in seine alte düstere
Laune verfallen, daß ein schlimmer Verdacht in
mir aufstieg.

Die Liebe schließt das Mißtrauen nicht aus,
und ich begann zu fürchten, daß Standesvorur=
theile in dem Grafen erwacht seien, und da
trotz meiner Neigung zu ihm sich mein Stolz
regte, so sagte ich ihm offen meine Vermuthung,
als er nach einigen Tagen mich bat, dem Vater
nicht zu schreiben.

Er brach, als ich von Standesvorurtheilen
sprach, in eine Heftigkeit aus, deren ich ihn
nicht für fähig gehalten hätte, und nun erfuhr
ich, wie die Sachen standen und sah, daß ich ihm
freilich unrecht gethan hatte.

Standesvorurtheile lagen allerdings drückend
auf ihm, aber er trug nicht die Schuld. Er war
der Sohn einer edlen und reichen Familie, aber
der zweite Sohn, und während ein Majorat
seinem älteren Bruder ein immenses Vermögen
in den Schooß warf, war er ein Bettler, ein
Ausgestoßener, der, mit einer fast kärglichen
Jahresrente, mit knapper Noth den äußeren Schein
zu retten im Stande war. Mehr und mehr ge=
rieth er in Wuth, während er mir diese Ver=
hältnisse auseinander setzte, er sagte, daß häufig
der Gedanke an diese Ungerechtigkeit ihn düster
und nachdenklich gestimmt hätte, daß er aber
erst recht die ganze Abscheulichkeit derselben be=
griffen, seit er mich kennen gelernt.

„Soll ich," rief er endlich aus, „ich, der vom
Schicksal Verfluchte, der Paria, der Ausgestoßene,
der Reichsgraf auf Schmalhausen und Hunger=
dorf, vor den reichen und stolzen Kaufherrn
treten und um die Hand seiner Tochter betteln,
um im besten Falle noch mit einem kalten „Nein"
abgewiesen zu werden? Nie und nimmermehr!"

Ich verschweige was ihn die Leidenschaft noch
weiter sprechen ließ, aber ich mußte innerlich
seinen Befürchtungen wenigstens theilweise bei=
stimmen, endlich aber sagte ich:

6*

„Laß mich gewähren, ich hoffe zwar nicht das Beste, doch fürchte ich auch nicht das Schlimmste, und nun ich weiß, wie die Sachen stehen, will ich handeln."

Leider aber machte ich nicht die besten Geschäfte. Ich schrieb an den Helfer mancher unserer kindischen Nöthen, an den alten Friedenreich, und während ich ihm mein ganzes Herz ausschüttete, bat ich ihn, dem Vater die Sache beizubringen und ihn für meine Wünsche zu stimmen, ich erinnerte ihn an unsere Kindheit, an die Zeit, wo er mich auf seinen Knieen geschaukelt, und an alles Liebe und Gute, was er uns schon erzeigt. Dem, so schloß ich, solle er nun die Krone aufsetzen.

Er schrieb mir entgegen:

„Meine liebe Melusine, die Krönung ist schon vor sich gegangen, nur bin der Gekrönte ich, und das zwar ein Dorngekrönter, durch die gelinde Raserei und Bosheit Deines guten Herrn Vaters, der mir die ganze Geschichte mit Deinem lieben Grafen in die Schuhe schiebt, oder wenigstens einen guten Theil derselben, und mich einen alten Esel und, mit Respekt zu melden: Kuppler nennt. Du hast, mein liebes Kind, freilich auf meinen Knieen gesessen, und ich wollte Du

säßest noch darauf, Du und der Andere, das
heißt der Johannes, weil da vielerlei Dummheiten
unterblieben, oder wenigstens bis dato noch nicht
in's Werk gesetzt worden wären, und ich bin
froh, daß wir nur zwei Kinder auf dem Lager
haben, denn mit einem halben Dutzend solcher
Waare, würde mein Bischen Verstandsvermö=
gen fallit in der kürzesten Zeit. Nimm mir das
nicht übel, aber was willst Du mit Deinem lie=
ben Grafen anfangen, der arm wie eine Kir=
chenmaus, (ein Lump nach Staudenraus sen.)
und der als edler Charakter nichts zu nagen
und zu beißen, ja nicht einmal ein Hüttchen hat,
welches die Liebe und dergleichen, mit Rosen
ausschmückt, die aber als Aetzung unbrauchbar?"

Nach weiteren ähnlichen Ermahnungen fügte
er bei, daß der Vater, ohnedem schon aufgebracht
anderer Dinge wegen, nie in eine solche Verbin=
dung willigen werde, welche zwar ein Elend, aber
nicht einmal ein glänzendes genannt werden
könnte, und dann schloß er:

„Die Muhme Goldscheider anlangend, so
darf sich dieselbe vergnügliche Stunden verspre=
chen. Theils um unser Saldo einzukassiren,
theils weil Zucker demnächst (aber unter uns)
eine enorme Höhe erreichen wird, von wegen

Meinungsverschiedenheiten der Herren Franzosen und Engländer, geht der Principal in einigen Tagen nach Hamburg, um in Zucker zu machen noch zu rechter Zeit. Dann kommt er zu euch, muthmaßlich in etwa acht Tagen, schwerlich aber mit süßer Fracht für die Goldscheiderin, denn der Ehrentittel: „alte Gans," ist noch der glimpflichste, den er ihr zugelegt. Daß er Dich mit sich nimmt, versteht sich am Rande. Weine und küsse Dich also aus, bis gedachter Termin verlaufen, und mache, remittirt, das Herz nicht schwer

Deinem treuen alten Friedenreich,

Procura = und Mit = Sorgen = Träger."

Ich kämpfte, freilich unter Thränen, mit mir, ob ich diesen Brief Waldheim in die Hände geben, oder blos dessen wesentlichen Inhalt mittheilen sollte. Dann entschied ich mich für das Erste. Ich wollte kein Geheimniß haben vor ihm, und gegen ihn, den Mann meiner Wahl, so aufrichtig sein als gegen die Meinen, wenigstens gegen den alten Friedenreich.

Eine edle Aufrichtigkeit trägt stets gute Früchte, man sagt wenigstens so, und hier traf dieser Fall wirklich ein.

Ich fürchtete ein heftiges Aufbrausen Wald=

heim's, aber er blieb ruhig und lächelte blos
schmerzlich indem er sagte:

„Ich wußte das, und kann es Deinem Vater
nicht verargen, daß er einem armen Teufel wie
mir die Hand seiner Tochter versagt. Er rechnet
als Kaufmann, aber auch ich rechne, und meine
Rechnung ist abgeschlossen."

Heftig erschrocken blickte ich ihn an, aber er
sagte ruhig:

„Nein, es ist nicht das, was Du befürchtest.
Ich werde mich nicht tödten, aber ich werde dennoch
für Dich gestorben sein, denn Deine Ruhe, die
ich Unglücklicher gestört habe, kann nur so wieder
hergestellt werden."

Er sagte mir dann, daß er in einen fernen
Welttheil gehen und nimmer wiederkehren wolle,
nie, und selbst wenn der Zufall ihn mit Glücks=
gütern segnen würde, denn er sei überzeugt, daß
der Vater in kürzester Frist über meine Hand
verfügen, und ich dennoch für ihn verloren sein
würde. Freilich wohl wußte ich, daß des Vaters
Wille in Dergleichen unbeugsam, und mir selbst
traute ich nicht vollkommen die Kraft zu, ihm in
die Länge widerstehen zu können. Das Glück
meines Lebens war also zerstört, ich sah voraus,
daß ich an der Hand eines ungeliebten, wohl

gar verhaßten Mannes durch das Leben gehen
würde, während mein Liebling mit gebrochenem
Herzen in der Fremde verzweifelte, und es kam
eine Trostlosigkeit über mich, wie kaum später in
den schwersten Stunden.

Und das waren die letzten Tage, welche ich
mit Waldheim verleben sollte, eine Zeit, in wel=
cher man jede Minute zählt, die noch die unsere
ist, um diese Minuten alsdann in Kummer und
Schmerz zu vergeuden.

In der That waren wir in jenen Trauer=
tagen wirklich unzertrennlich und klagten uns
auf einsamen Spaziergängen unsere Noth, wäh=
rend die Muhme Goldscheider ebenfalls untröstlich
war, und verweisend zu mir sagte:

„Ich muß wirklich an Deinen Vater schreiben
und Dich verklagen, wenn Du nicht fleißiger
bist. Jetzt, wo eben das feinste Obst reift, läufst
Du den ganzen Tag in der Welt herum, und
ich, die ich alle Tage älter werde, soll alle Arbeit
allein thun. Auslesen und auskernen, schälen, den
Zucker läutern und die Frucht einsetzen, mit
Blase verbinden, und dann wieder alles contro
liren, denn eine gewisse Melusine hat erst dieser
Tage vergessen, in die Blasen von zwei Töpfen

Löchlein zu stechen, so daß sie elendiglich zer=
platzt sind."

Daß der Vater in einigen Tagen vielleicht
schon selbst erscheinen würde, wußte sie freilich
nicht, und während ich Besserung versprach, lief
ich dennoch den ganzen Tag mit Waldheim auf
abgelegenen Wald= und Feldwegen umher, und
ließ meinen Thränen freien Lauf, während er
düster und schweigsam blieb und seinen Schmerz
niederkämpfte.

Plötzlich aber stürzte er eines Tages zu
meinen Füßen nieder, und während eine Thrä=
nenfluth aus seinen Augen strömte, brach er
lautjammernd in fast unverständliche Worte aus.

Nie hatte ich ihn also gesehen, nie weinend,
nie also gänzlich niedergeschmettert, der starke
Mann war in ein wehklagendes Kind verwan=
delt, und ich beugte mich nieder auf ihn, wei=
nend und klagend wie er, seinethalben, nicht
meines Leides wegen.

Mit kurzen Worten will ich Dir sagen, was
ich erfuhr, als er sich wieder einigermaßen ge=
sammelt hatte.

Er hatte männlich gekämpft, aber es war
ihm nun klar geworden, daß er die Trennung
von mir nicht ertragen könne. Nie, und unter

keiner Bedingung. Im Vaterlande wolle er blei=
ben, aber — nicht als Lebender! Einen Aus=
gang aber gab es, uns für immer zu einen.
Friedenreich hatte Unrecht gehabt, wenn er sagte,
daß er keine Hütte besitze. Er hatte eine solche,
ein Felsennest, das magere Erbtheil einer alten
Tante, klein und in wilder verlassener Gegend,
aber groß genug zwei liebende, zwei starke Her=
zen zu bergen.

Dann schilderte er mir das Glück dort, ver=
borgen vor den Augen der Welt, uns ganz
allein anzugehören, mit den glühendsten, leben=
digsten Farben und schloß auch nicht die Hoff=
nung aus für die Zukunft.

Männlich wolle er ringen und kämpfen, sich
eine Stellung zu erwerben, welche unser Loos
verbessern könne. Daß sein reicher Bruder sich
entschließen würde, seinen geringen Jahresgehalt
zu verbessern, war nicht unwahrscheinlich, und
vielleicht würde dann auch meines Vaters Herz
nicht ewig verschlossen bleiben.

Er schloß, indem er flehend und klagend
meinen Namen ausrief, und ich — ich willigte
ein!

Wir flohen noch in derselben Nacht, ein jun=
ger Priester, Waldheim's Jugendfreund, vollzog

die Trauung, und dann eilten wir auf mir
vollständig unbekannten Wegen unserem Liebes=
Asyle zu. Wie der Vater und die Goldscheider
zusammen ausgekommen, habe ich nie erfahren,
aber ich war vermessen genug, mir gegen den
ersteren einen gewissen Groll vorzuspiegeln, weil
er so hart und unbeugsam gegen mich gewesen.

Am Morgen des dritten Fluchttages verlie=
ßen wir unsern Wagen. Wir waren an den
Ufern eines der größten Flüsse angelangt, welche
Deutschland und seine Nachbarländer durch=
strömen, und jetzt nahm uns ein Boot auf, und
Waldheim gestand mir, daß er, für den Fall
meines Einwilligens, Vorkehrungen getroffen
habe für unsere Flucht.

Niemals werde ich jenen Tag vergessen und
unauslöschlich sind mir die landschaftlichen Bil=
der eingeprägt, welche rasch an uns vorüberzogen,
während unser Boot auf den Wogen des mäch=
tigen Stromes dahinflog. Aber wohl wird jeder
jungen Frau eben so wie mir, der Tag unver=
geßlich sein, an welchem sie, an der Seite des
Mannes ihrer Wahl, in die neue Heimath ein=
zieht.

Als der Tag sich zu neigen begann, waren
die flachen Ufer vollständig verschwunden, und

der Strom floß mit reißender Schnelle durch
steile bewaldete Bergesufer, oder war durch
senkrecht abfallende Felswände eingeschlossen,
deren Spitzen die Sonne vergoldete, während
unten im Flußthale fast schon Dunkelheit herrschte.
Dann stiegen Nebel auf, die Kinder des Herb-
stes, der dort schon eingezogen schien, und bisweilen schienen sie vor uns zu fliehen, bisweilen
begleiteten sie uns, hinziehend an den felsigen
Uferwänden, bald aber hüllten sie uns vollkommen ein.

Waldheim hüllte mich da in schützende Gewänder, während die beiden Bootsleute mir nur
halbverständliche Zurufe wechselten, bald mehr,
bald weniger heftig, da wahrscheinlich die Fahrt
nicht ganz gefahrlos. Kaum aber waren, erlaubte der Nebel die Ufer zu erblicken, hie und
da einige Hütten sichtbar, das wilde Stromge-
biet schien einsam, verlassen und menschenleer,
und nur hie und da glänzten die Trümmer
einer Burg, oder eines Klosters, in den letzten
Strahlen der Sonne von der Höhe eines Fel-
sens, um bald wieder bei einer Krümmung des
Stromes zu verschwinden. Plötzlich aber er-
weiterten sich die Ufer in etwas, eine dunkle
Felsengruppe, welche auf einer kleinen Insel

sich drohend erhob, wurde sichtbar, und jetzt leg=
ten wir am linken Ufer an und setzten unsern
Weg zu Fuße fort, während die beiden Boots=
leute unser Gepäck trugen.

Es war schon fast vollständig dunkel, dafür
war aber unser Weg nur ein kurzer, und wir
hatten bald einige Hütten am Fuße eines Fel=
sens erreicht, der fast so hoch war, als jener,
welcher auf der Insel am Ufer emporstieg. Theils
natürliche, theils in das Gestein gehauene Stu=
fen führten aufwärts, und endlich erreichten wir
ein Haus, oder ein kleines Schlößchen, welches
jetzt fast einer unförmlichen, schwarzen Masse
glich.

Eine nur angelehnte Thür führte in einen
Zwinger, oder in einen kleinen Hof, und nachdem
wir diesen überschritten, gelangten wir an einen
im Achteck gebauten und an das Schlößchen an=
gelehnten Thurm, in welchem eine Wendeltreppe
aufwärts führte.

Eine ziemlich bejahrte und nicht besonders
einnehmend aussehende Frau erschien jetzt auf
der Treppe, und leuchtete uns, und nachdem wir
oben angelangt und über den Vorplatz in eine
Stube getreten waren, sagte Waldheim lächelnd:

„Dies ist das Schloß der jungen Gräfin

Waldheim, und dies," auf die Frau zeigend,
„vorläufig ihre ganze Dienerschaft. Ich hoffe, es
wird besser werden."

Die Stube machte keinen günstigen Eindruck.
Die mit dunklem, braunem Holze vertäfelten
Wände erinnerten mich zwar lebhaft an das
Vaterhaus, aber der nicht mit Holz bekleidete
Theil derselben und die Decke waren frisch ge=
tüncht, und der ländliche Künstler hatte nicht
nur einen noch zur Vertäflung gehörigen Theil
aus eigener Machtvollkommenheit ebenfalls weiß
bepinselt, sondern auch den übrigen Theil des=
selben arg mit vielfachen Spritzflecken mißhan=
delt, und ebenso den Fußboden und die Fenster.

Man hatte sich nicht die Mühe genommen,
oder die Zeit nicht gefunden, diese abscheulichen
Flecke hinwegzunehmen, und während ich un=
willkürlich an die sauber gebohnten Vertäfelun=
gen unseres Hauses dachte, belästigte mich die
dumpfe Luft der Stube, und der von der fri=
schen Tünche herrührende unangenehme Geruch,
welcher in derselben herrschte.

Waldheim hatte sich auf einige Augenblicke
entfernt, um für das Gepäck zu sorgen, und ich
trat an ein Fenster und öffnete dessen beide
Flügel, aber der Anblick, der sich mir bot, machte

mir einen fast unheimlichen Eindruck. Der dunkle Fels, unserem Schlößchen gegenüber, schien größer und schwärzer geworden zu sein und stand einem drohenden Riesen ähnlich und Unheil verkündend drüben auf seiner Insel, sich scharf abzeichnend von den bewaldeten Bergen und den Felswänden der Ufer, welche in mattem, eintönigem Grau und unbestimmten Formen ineinander verflossen. Unten im Thale brauste der Strom, aber man sah ihn nicht, denn eine weißliche Nebeldecke lag unbeweglich ausgebreitet über der ganzen Thalsohle. Oben am Nachthimmel aber zogen schwere, dunkle Wolken, die das Dach unseres Hauses fast zu streifen schienen, und rasch vorüberflogen, obgleich nicht der leiseste Lufthauch zu bemerken war.

Der Fluß tobte und brauste, aber keine seiner Wellen war sichtbar, die Wolken flohen gejagt von einer unsichtbaren und unhörbaren Gewalt. Das war Alles, aber kein Licht, kein Laut einer Stimme verkündete die Anwesenheit von Menschen, und mich überkam plötzlich eine unwillkürliche Angst und ein erschreckendes Gefühl der Einsamkeit.

Waldheim trat in diesem Augenblicke wieder

ein, und ich warf mich fast weinend in seine
Arme, indem ich rief:

„Oh verlaß mich nicht, verlaß mich nicht!"

Das war die erste Umarmung in unserer neuen
Heimath, während in solchen Augenblicken sonst
Neuvermählte sich glücklich preisen, am Ziele ihrer
Wünsche angelangt zu sein, süße Versprechungen
tauschen und Bilder einer rosigen Zukunft an
sich vorübergleiten lassen.

Eine leichte Wolke flog über Waldheim's
Stirn, aber nur vorübergehend, und dann sagte
er freundlich:

„Was fällt Dir ein? Aber die ungewohnte
Anstrengung der Reise hat Dich aufgeregt. Wir
wollen heute bald unser Lager suchen, und morgen wirst Du Alles mit anderen Augen ansehen."

Er hatte wohl zum Theil errathen, was mich
in die sonderbare Stimmung versetzt, und führte
mich in eine andere, ziemlich wohnlich eingerichtete Stube, und nachdem wir unser Abendbrot
genommen hatten, gingen wir zur Ruhe.

Als ich am nächsten Morgen in das Thal
blickte, erglänzte es rosig im Strahle der Mor-
gensonne. Die waldigen Höhen schienen ihren
Laubschmuck erneut zu haben und im jugendlichen

Frühlingsgrün zu prangen, leichte, röthlich ge=
färbte Nebelstreifen zogen tändelnd über sie hin=
weg, um entweder von den Strahlen der jungen
Sonne hinweggeküßt zu werden, oder sich vor
denselben in das Düster des Waldes zu flüchten.

Dagegen war die eintönige Nebelschicht ver=
schwunden, welche am Abend vorher das Fluß=
thal bedeckt hatte, der rasch dahin eilende Strom
brachte Leben und Bewegung in die wildroman=
tische Landschaft, und während an einigen Stellen
seine Wellen flüssigem Silber gleich erglänzten,
oder mit den Sonnenstrahlen kosend gold= und
purpurfarbig schimmerten, zogen sie an anderen
dunkelmoosgrün durch die bewaldeten Uferberge.
Der Felsen aber, welcher gestern grau und un=
heimlich drohend zu mir herübergeblickt hatte,
stand heute hell und freundlich drüben im Son=
nenlichte, und auf seiner höchsten Spitze erglänzte
das Zeichen der Erlösung, ein mächtiges Kreuz
mit dem Bilde des Herrn.

„Wie ganz anders," sagte ich zu Waldheim,
„spricht heute das landschaftliche Bild hier zu
unseren Füßen zum Herzen, als gestern. Düster
und Unheil verkündend trat es mir, der Neu=
angekommenen, entgegen, und heute begrüßt es
mich mit freundlichem Lächeln."

„Ein Bild unserer Liebe," versetzte er, „un=
seres Schicksals, unheilvoll scheinend zuerst, jetzt
aber schon beglänzt vom rosigen Sonnenstrahle
der Liebe."

„Der Herr wird sie und uns beschützen,"
sagte ich, auf das Kreuz zeigend.

Er schloß mich in seine Arme und rief:

„Er wird es thun, Du gutes, frommes Kind,
vertraue auf ihn und mich."

Ach, wie war ich glücklich in jenen Tagen,
wie voll Vertrauen und Hoffnung, wie selig durch
Liebe und Hingebung!

Selbstverständlich schrieb ich an unseren Va=
ter. Ich schilderte ihm mein Glück und bat um
seine Verzeihung, um seinen Segen, und mein
Mann sendete von einem dritten Orte aus die
Briefe ab, aber obgleich ich glaube, ja überzeugt
bin, daß er sie erhalten, bekam ich doch niemals
eine Antwort. Freilich trübte das mein Glück,
aber Waldheim tröstete mich, und wenn auch bis=
weilen finstere Wolken über seine Stirn zogen,
war er doch stets liebreich gegen mich.

Indessen begann er jetzt häufige Reisen zu
machen, bald auf mehrere Tage, bald auf Wochen,
um unsere Lage zu verbessern, sagte er, um seine
Hoffnungen zu verwirklichen, und das schien nicht

ganz unnöthig, denn nicht selten waren wir fast
von allen Mitteln entblößt, und nun half Frie=
denreich, so wie er bei Dir geholfen hatte, denn
ich schrieb an ihn und theilte ihm mit, in wel=
chem Winkel der Erde ich verborgen war.

Aber die Briefe, welche seine Gaben beglei=
teten, verriethen eine gedrückte Stimmung. Ich
brauchte meinen Versteck nicht zu verheimlichen
vor dem Vater, schrieb er, denn leider würde er
nicht kommen, mich zu holen. Er sei hart, und
unbeugsamer als je, und kaum sei selbst Er=
sprießliches zu erwarten, kehrte ich auch als reuige
Tochter zurück in's Vaterhaus. Doch solle ich
nicht verzweifeln, er, der alte Friedenreich, lebe
ja noch.

Was mein Leben betrifft während jener Zeit,
die dem ersten Liebesglücke folgte, so war es
freilich eintönig. Die Reisen meines Mannes
mehrten, verlängerten sich, und war er zu Hause,
so mußte ich zu meinem Schrecken bemerken, daß
er zwar nicht unfreundlich, aber kälter, ja selbst
gleichgiltig gegen mich geworden war. Tage
lang war ich aber oft ganz allein, wenn er ab=
wesend. Crescenz, die alte Dienerin, ging dann,
um den nöthigen Bedarf in entfernten Ortschaf=
ten zu kaufen, und meine einzige Unterhaltung

7*

bestand darin, hinab auf den Strom zu blicken und mit ängstlicher Neugierde die Fahrzeuge zu beobachten, die stromabwärts fuhren, denn gerade die Stelle unter meinem Fenster war gefährlich und übel berüchtigt. Ich sah dann die Land= leute, welche sich als Passagiere auf jenen Schiffen befanden, betend auf den Knieen liegen, und ich mischte mein Gebet mit dem ihrigen. Vielleicht aber war jene Stromstelle verrufener als sie es in der That verdiente, denn es fiel nie ein Un= glück vor, und ich blickte später und als das eigene Mißgeschick näher und näher an mich selbst herantrat, mit dumpfer Gleichgiltigkeit hinab auf die Zagenden. Also vergingen Herbst und Win= ter, der zwar die Reisen Waldheim's in etwas beschränkte, sein Benehmen gegen mich aber kei= neswegs änderte, und als die schöne Jahreszeit wieder erschienen war, verließ er mich häufiger und auf längere Zeit als vorher.

Da erhielt ich, während eben mein Mann wieder abwesend war, die Botschaft von Frieden= reich's Tode, und als bald darauf Waldheim zu= rückkehrte, gab ich ihm, auf sein Verlangen, die nöthigen Vollmachten, die mir zugefallene Erb= schaft zu erheben.

Die Eile, welche er hatte, und eine gewisse

unverkennbare Haſt in ſeinem ganzen Benehmen
fiel mir erſt ſpäter auf, und ich hoffte voll Ver=
trauen auf ſeine Rückkehr und auf beſſere Zeiten.

Da Du aber, mein lieber Johannes, bereits
errathen haſt, was ſich begeben, ſo will ich raſch
über jene unheilvollſte Periode meines Lebens
hinwegeilen.

Mein Mann kehrte nicht wieder! Tag um
Tag, Woche um Woche verging, täglich wurde
meine ſchmerzliche Erwartung getäuſcht, und als
ich endlich an den Advocaten ſchrieb, welcher mich
von Friedenreich's Tod in Kenntniß geſetzt hatte,
erhielt ich ſtatt der Antwort die beglaubigte
Abſchrift einer von Waldheim ausgeſtellten Quit=
tung. Er hatte längſt die Erbſchaft in Empfang
genommen und war ſofort mit derſelben ab=
gereiſt."

Johannes ſtieß einen dumpfen Fluch aus und
machte Miene zu ſprechen, ſeine Schweſter aber
ſagte:

„Unterbrich mich nicht, ich bin bald zu Ende,
aber Du magſt Dir denken, wie mir zu Muthe
war, denn die gräßliche Wahrheit trat in ihrer
ganzen Abſcheulichkeit mehr und mehr vor mich
hin, und auch anderen Perſonen ſchien ſie ſich
zu enthüllen.

Die alte Crescenz schlich mürrisch und ver=
drossen im Hause umher, und eines Tages er=
schien ein Mann in halb bäuerischer Tracht und
verlangte mit ganz bäuerischem Gebahren „die
Miethe.‟

Welche Miethe? Nun erfuhr ich, daß das
Schlößchen, welches wir bewohnten, nichts we=
niger als Waldheim's Eigenthum war, sondern
jenem unfeinen Gesellen gehörte, und daß ebenso
nur wenige Stücke des Hausgeräthes mir zu=
standen, sondern der größte Theil desselben eben=
falls das Eigenthum des Hausbesitzers war.

Freilich war ich anfänglich niedergeschmettert,
da aber etwas von des Vaters Wesen in uns
Beiden steckt, so war mein Entschluß dennoch
bald gefaßt.

An diesen selbst wollte ich nicht schreiben,
schon deshalb nicht, weil alle meine Schreiben
unbeantwortet geblieben waren, jetzt aber, als
Verlassene, Betrogene, noch weniger. Einige
Augenblicke nur blickte ich düsteren Sinnes auf
die brausenden Wogen des Stromes, aber der
Versucher wich von mir, und ich beschloß, den
Kampf mit dem Leben aufzunehmen.

Ich wollte zuerst zu den Eltern Waldheim's,
und zu jenem stolzen Majoratsherrn, der ihn

seines Erbes beraubt hatte, wie er selbst mich um das meinige betrogen.

Weder als eine Fordernde noch als eine Bettlerin wollte ich aber vor jenes selbstsüchtige und hartherzige Geschlecht hintreten, sondern ich beabsichtigte einfach die Wahrheit zu erfahren und vielleicht zu erkunden, wohin sich der Verräther gewendet, um ihm seine Schändlichkeit vorzuhalten und ihn dann zu verlassen.

Hätte ich, wenn ich ihn getroffen, diesen letzten Entschluß durchgeführt? Ich weiß es nicht, aber ich verkaufte, was mein eigen war, an den Besitzer des Schlößchens, lohnte meine Crescenz ab, welche so theilnahmslos schied wie sie mich empfangen hatte, und eilte dann mit fieberhafter Hast nach der Besitzung von Waldheim's Familie, von welcher er mir, namentlich vor unserer Verheirathung, häufig gesprochen und ihre Lage hinlänglich bezeichnet hatte.

Ich begann meine Reise auf den Wogen desselben Stromes, welche mich zu meinem geträumten Glück geführt hatten, dann vertauschte ich das Boot mit einem jämmerlichen, offenen Fuhrwerk, und jetzt führte mich mein Weg über Steppen und Weideplätze, welche mir endlos erschienen, und deren ganze Staffage aus Heerden von Rindern, Schafen und Pferden bestand, deren Hüter wild aussehende, schwarzgelockte Gesellen waren.

Am vierten Tage wurde indessen die Landschaft einigermaßen belebter, wir kamen an vereinzelten Hütten vorüber, dann folgten Felder, deren Ueppigkeit ich zu einer andern Zeit wohl bewundert haben würde, und gegen Abend endlich zeigte mir der Führer meiner Karre, welcher nothdürftig deutsch sprach, das Ziel meiner Reise, das Herrenhaus.

Es hatte wenig Aehnlichkeit mit den glänzenden Schilderungen, welche mir Waldheim entworfen hatte, sondern schien im Gegentheil ziemlich anspruchlos, dennoch aber überkam mich jetzt eine Beklemmung, deren ich kaum Herr wurde.

In wenigen Augenblicken sollte ich durch einen Troß übermüthiger Diener schreiten und vor jene stolzen Menschen treten, welche zuverlässig, schon unwillig über die Mißheirath eines der Ihrigen, mich jetzt als eine Bettlerin betrachten und ohne Zweifel mit schroffem Hochmuthe behandeln würden! Der Schritt, den ich thun wollte, kam mir nun unüberlegt und unbesonnen vor, aber während ich mein Unternehmen bereute, begriff ich zugleich die Unmöglichkeit des Umkehrens und stieg am Herrenhause aus, bemüht, so viel als möglich meine Gedanken zu sammeln.

Es kam anders als ich mir gedacht hatte.

Ein einziger, schon bejahrter Diener empfing mich, und nachdem ich ihm meinen Wunsch, die Gräfin Waldheim zu sprechen, eröffnet hatte, ging er mich anzumelden, und einige Secunden später stand ich vor einer freundlichen alten Dame und in einem anständig, aber wenig prunk= voll ausgestatteten Gemache.

Ich muß anfänglich wohl unzusammenhän= gende Worte gesprochen haben, denn die alte Dame bat mich Platz zu nehmen und mich zu sammeln, und als ich das so viel als möglich gethan, hörte sie mich aufmerksam und mit Ruhe an, als ich aber zu Ende war, sagte sie mit schmerz= lichem Tone:

„Wollte Gott, mein armes, betrogenes Kind, es wäre wie Sie sagten, aber ohne Zweifel sind Sie das Opfer eines Betrügers geworden."

Sie bezweifelte nicht im geringsten die Wahr= heit meiner Erzählung, was sie mir aber dagegen mittheilte, war Folgendes:

Sie hatte einen einzigen Sohn, der aber schon vor vier Jahren im Kriege gefallen war, und

jetzt war sie die letzte ihres Stammes und ihr
ziemlich bescheidenes Besitzthum fiel nach ihrem
Tode an entfernte Verwandte. Ein Mann ihres
Namens existirte nicht, wenigstens kein Graf
Waldheim, der aber, der sich also genannt, war
jedenfalls ein Abenteurer, der früher ihren Sohn
gekannt, von seinem Tode gewußt und dessen
Namen benützt, mich zu täuschen.

Und als wir jetzt Beide die Gründe bespra=
chen, welche ihn bewogen, also schmählich zu han=
deln, drang sich mir die schmerzliche Ueberzeu=
gung auf, daß nicht ich, nicht meine Liebens=
würdigkeit, nicht einmal eine vorübergehende
Neigung zu mir die Ursache gewesen, sondern
niedrige, schmutzige Habsucht, die Hoffnung auf
das Erbe des Vaters, den er sich versöhnlicher
dachte, als es in der That der Fall war. Des=
halb weigerte er sich so hartnäckig, um mich an=
zuhalten, der Vater hätte ihn wohl leichter durch=
schaut als ich.

Später erfuhr ich, daß er stete Erkundigun=
gen in unserer Vaterstadt einzog, und als er er=
fahren hatte, daß wir Beide enterbt, so begnügte
er sich mit dem mir zuständigen Erbtheile Frie=
denreichs."

„Doch nicht," sagte Johannes, „er nahm

auch das meinige und meine theure Beda mit
in den Kauf."

Melusine stieß einen Schrei aus und blickte
dann ihren Bruder mit weitgeöffneten Augen an.

„Schwer erkrankt," fuhr Johannes fort, „traf
ich Barton nach Jahren in der vergitterten Zelle
eines Gefängnisses im Süden Deutschlands, wel=
ches ich als Durchreisender besuchte. Er war
dort schlimmer Betrügereien halber eingesperrt
worden, und trotzdem wir Beide uns wohl ge=
waltig verändert hatten, erkannten wir uns ge=
genseitig doch fast augenblicklich. Er gab mir,
obgleich hart darniederliegend, doch höhnende
Worte, und sagte:

„Ich bedaure schmerzlich, Dir Deine liebe
Frau nicht wieder zustellen zu können, aber sie
hat bereits das Zeitliche gesegnet, sie stünde Dir,
mein alter Freund, sonst mit Vergnügen zu Dienst.
Auch die Erbschaft des edelmüthigen alten Esels,
des Friedenreich, ist den Weg alles Fleisches, das
heißt, flöten gegangen. Unsere liebe Selige, die
Beda, hat getreulich mitgeholfen, das Geld un=
ter die Leute zu bringen, da sie aber eigentlich
doch mehr Deine als meine Gemahlin war, so
hoffe ich nicht, daß Du deshalb Ansprüche an
mich machen wirst."

Der Wärter gebot ihm zu schweigen, aber er fuhr in gleichem Tone fort, und aus seinen schlimmen Reden, welche mir jenesmal zum Theil unverständlich waren, die ich aber dennoch nur zu gut behielt, wurde mir während Deiner Er= zählung klar, daß Barton und Waldheim ein und dieselbe Person, obgleich er unter einem dritten Namen, der vielleicht sein wirklicher war, gefangen saß. Noch während meiner Anwesen= heit in jener Stadt starb er, und da es zwecklos ist, einem Todten zu grollen, so vergab ich ihm, obgleich ich vermuthe, daß ich ihn ermordet haben würde, wäre ich ihm lebend und außerhalb der Mauern seines Gefängnisses begegnet."

Als Johannes seiner Schwester das von Beda zurückgelassene Bild Bartons gab, fand kein Zwei= fel mehr statt. Sie betrachtete es zuerst mit starren Blicken und brach dann in Thränen aus, indem sie rief:

„Ach, er besteht zweifach für mich, dieser Wald= heim. Er ist der Mann meiner ersten und ein= zigen Liebe, dem ich Alles, Alles opferte, und dann wieder der Verräther, der mich um mein ganzes Lebensglück betrog."

„Fast geht es mir mit Beda ähnlich," ver= setzte Johannes, „und ich gedenke ihrer bisweilen

einzig, wie ich sie kennen gelernt in der ersten
Zeit unserer Liebe. Vielleicht sind wir es aber
nicht allein, welche blätternd im Buche ihres Lebens, über den ersten, glänzenden und rosigen
Seiten die späteren auf Augenblicke vergessen,
welche Untreue und Verrath beschmutzt haben."

Was die Geschwister sich mit flüchtigen Worten noch mitgetheilt, ist Folgendes:

Melusine blieb bei der alten Gräfin Waldheim bis zu deren Tode, und war dann abwech-
selnd Erzieherin und Gesellschaftsdame, im ersten
Falle ein trauriges Mittelding zwischen Dienerin
und Herrschaft, im zweiten Falle das Gleiche,
und nebenbei noch die unglückselige Alleinträge-
rin fremder Laune.

Als Johannes endlich in fernen Landen sich
einiges Vermögen erworben, kehrte er zurück und
schloß mit den um sein Erbe streitenden Vettern
einen Vergleich ab. Dann erkundete er den
Aufenthalt der Schwester und führte sie in das
Vaterhaus, das nun wieder das ihre geworden.

Am Schlusse dieses ersten Fest- und Erin-
nerungsabends aber sagte er zu Melusine:

„Wer nicht Etwas hat, das er liebt, der
haßt die ganze Welt. Da uns aber der Lebens-
und Liebesbaum nur schlimme Früchte getragen,

wen sollten wir in unseren alten Tagen da lie=
ben, wenn nicht uns selbst, das heißt: Du mich
und ich Dich. Laß uns das thun! Denn sieh',
wenn vielleicht wohl mancherlei Schlimmes ge=
haust haben mag, hier in den alten Räumen,
drüben in der Kinderstube hat sich die Geschwister=
liebe geborgen. Laß uns die hegen und pflegen,
jetzt als große Kinder, wie wir's gethan als
kleine. Heilig laß uns aber halten das Anden=
ken des guten Friedenreich. Sein Erbe haben
sie uns freilich gestohlen, halten wir deshalb
doppelt fest im Herzen die Dankbarkeit an den
treuesten aller Freunde."

Der verlorene Graf.

Die alte Gräfin Auguste von Gerten dankte Gott, daß Alles so gut abgelaufen, und daß sie endlich am Ziele ihrer Wünsche angelangt war, und sie machte diesen Dank, oder dieses Gebet, in ihrem Fauteuil sitzend ab, keineswegs weil sie krank oder altersschwach gewesen wäre, sondern weil sie eben, und besonders unter vier Augen, sich vor dem lieben Gott viel Gêne anzuthun für unnöthig hielt. Die alte Frau hatte ihr jugendliches Flügelkleid getragen, oder die Flügel der Jugend sie selbst, als die erste französische Revolution eben in ihrer schönsten Blüthe stand, und wenn ihr gleichwohl, aus leicht begreiflichen Gründen, die überrheinische expedite Art und Weise die Guillotine zu handhaben, nur wenig gefiel, so hatten doch andere Ideen, welche jenem

blutgedüngten Boden des schönen Frankreich ent=
sproßten, ihr desto besser behagt.

Tausende solcher Ideen waren zu jener Zeit
über den alten Vater Rhein hinweg in's liebe
Deutschland geflogen, wohl auch weiter, und in
gar mannigfacher Form und Gestalt, wenngleich
immer gar angenehm röthlich gefärbt, von ro=
senfarbiger Bruderliebe an bis zum dunkel=
rothen Purpur des Herzblutes. Die Menschen
aber fingen sich dieselben ein, und machten sie
sich zu eigen, jeder nach Stand und Würden
natürlich, und je nachdem jeglichem der neuen
Lehre Sinn eben zweckmäßig, profitabel oder
bequem erschien, und wie er sie verstand, oder
wenigstens verstehen wollte.

Was unsere jenesmal noch junge Gräfin be=
traf, so haßte sie selbstverständlich das in schwung=
haftem Betriebe stehende Köpfen der Aristokra=
ten, das Theilen oder Wegnehmen der irdischen
Güter, und auch das Frère-et-cochon-sein mit
Krethi und Plethi, war ihr kaum minder zu=
wider. Ebensowenig erschien es ihr passend,
daß man drüben einmal, auf vier oder sechs
Wochen den lieben Gott ab= und dafür die ge=
sunde Vernunft eingesetzt hatte. Würde die in
der That lange gesund bleiben, bei der neu auf=

gebürdeten schweren Arbeit? und dann: woher
so viel Vernünftigkeit nehmen, und gar in sol=
cher „bewegten" Zeit?

In Gottes Namen also fortbestehen lassen!
Daß man ihm aber dennoch eine Constitution
aufgedrungen hatte und in Folge dessen, wie es
anderwärts auch geht, nachher weniger Umstände
mit ihm zu machen anfing, erschien ihr löblich.
Der allzu häufige Kirchenbesuch mit allem was
daran hängt, war eben ihre Sache nicht, und
sie fand es außerordentlich bequem, sich ein End=
chen Freisinnigkeit beizulegen.

Tausend Andere, welche von Rechtswegen ver=
nünftiger sein sollten als unsere Gräfin, machen
es ähnlich, eben so, oder noch schlimmer und
ungeschickter, muthmaßlich ohne zu bedenken, daß
ein wenig augenblickliche Bequemlichkeit, oder
Ruhe, später verzweifelt unangenehme Früchte
tragen kann.

Sehen wir aber nun, nachdem wir wissen,
aus welchem Grunde die Gräfin Auguste auf
so familiäre Weise Gott gedankt hatte, ein wenig
nach, warum sie dies überhaupt gethan.

Sie hatte soeben einen Sieg erfochten über
einen, der ihr das Liebste war auf der ganzen

8*

Welt, und da uns Siege über unsere Lieben
meist mehr freuen, als die über unsere Feinde,
weil jene zum Besten der Besiegten führen, so
war ihre Freude wohl nicht zu schelten. Die
Gräfin war Wittwe geworden, als ihr einziges
Söhnchen eben das zweite Jahr erreicht hatte,
und sie beschloß, sich nicht mehr zu verehelichen,
und sich einzig der Erziehung des kleinen Kurt
zu widmen, und hielt redlich Wort.

Nun ist freilich nicht zu leugnen, daß aus
den alleinig erziehenden Händen der Frauen die
allervortrefflichsten Leute hervorgegangen sind,
sehr häufig aber hängt dieser Vortrefflichkeit ein
gewisses Etwas an, das kaum zu beschreiben ist.
Es ist kein Mangel an Energie, nicht fehlender
Muth, nicht Unentschlossenheit, und kann am
besten noch durch eine Art von Sanftheit bezeichnet werden, die dem Jünglinge anhängt und
erst in späteren Jahren vollständig verschwindet.
Aergert sich ein Frauenerzogener hierüber, so
mag ihm zum Troste beigefügt werden, daß keine
Regel ohne Ausnahme, und daß wir selbst schon
unter solchen jungen Leuten höchst unbändige
Gesellen getroffen haben, wogegen dafür wieder
bemerkt werden muß, daß die überwiegende
Mehrzahl seiner Collegen, mehr als es sonst ge-

bräuchlich, die Zugluft und Verkältung scheuen,
und meist einige Jahre länger als andere junge
Leute süße Sachen, Eingemachtes, Mehlspeisen,
Confect und ähnliches lieben.

Man kann vielleicht sagen, daß ein großer
Theil dieser und anderer Eigenthümlichkeiten,
welche die Mütter ihren Söhnen anerziehen,
darin ihren Grund haben, weil sie dieselben frei
von allen, häufig den Männern anhängenden
Untugenden wissen wollen, ohne zu bedenken
oder zu wissen, daß sie selbst wieder einen großen
Theil dieser Untugenden lieben, oder wenigstens
nicht mit ungünstigen Augen ansehen.

Was nun den jungen Kurt betraf, so war
derselbe ein wackerer und verständiger Knabe, der
fleißiger war, als die Mehrzahl junger Leute,
welche wissen, daß sie später zu leben haben
werden, ohne eben übermäßig arbeiten zu müssen,
und der dabei seiner Mutter mit einer an Lei=
denschaftlichkeit grenzenden Liebe und Verehrung
zugethan war. Das blieb auch so in seiner
Jünglingszeit, und die Gräfin blickte mit un=
verholenem mütterlichen Stolz auf ihn, da sie
sich überhaupt selten die Mühe gab, irgend etwas
zu verhehlen und, nicht eben im schlimmsten
Sinne des Wortes, eine energische Frau war.

Das war auch der Grund, weshalb sie dem
jungen Kurt vielleicht mehr Freiheiten gestattete,
als es wohl andere Mütter gethan haben wür=
den, und es zugleich nicht nur gern sah, son=
dern selbst begünstigte, daß ihr Liebling mit
gleichem, wenn nicht mit größerem Eifer, als er
seine Studien betrieb, sich körperlichen Uebungen
hingab. Indessen zog sich durch dieses ganze
System der Erziehung ein rother Faden, das
Prinzip des Gehorsams gegen ihre Befehle, und
da Kurt als Kind schon an diesen unbedingten
Gehorsam gewöhnt war, so fiel es ihm als
Jüngling nicht bei, denselben zu künden.

Muthmaßlich, oder besser zuverlässig, ging die
Gräfin Auguste von dem Grundsatze aus, daß
alle Männer von den Frauen „geleitet" werden
müßten und das zwar perpetuirlich. Zuerst
durch das Gängelband der Amme, dann durch
das Auge der Mutter, selbstverständlich hierauf
durch die Rosenketten der Liebe, und sollte der
Gehorsam gegen Erwarten jetzt noch nicht zur
Gewohnheitssünde geworden sein, durch ehe=
standliche Maßregeln und Maßregelung. Ein
noch unverheiratheter Vetter der Gräfin hatte
einmal gegen sie geäußert, daß die Frauen sich
gewissermaßen zu den Männern verhielten, wie

die kleinen Hunde zu den Löwen, welche man häufig in den Käfigen dieser Könige der Thiere sieht.

„Ja," hatte die Gräfin erwidert, „nicht sel= ten aber sind diese Hündchen groß und stark, die Löwen aber winzig klein, Löwchen!"

Das waren die Grundsätze der Gräfin Au= guste, für deren Aufrechthaltung sie aber zu zittern begann, als Kurt nach vierjähriger Ab= wesenheit von der Hochschule nach Hause zurück= kehrte. Mißliebig hatte sie schon während der verschiedentlichen Ferien allerlei bedrohliche An= zeichen von Selbstemancipation bei ihm bemerkt, keine so auffälligen und klar ausgesprochenen aber, als wie bei seiner endlichen, gänzlichen Rückkehr. Daß er sie noch eben so aufrichtig und zärtlich liebte wie vorher, sah freilich das Auge der Mutter und das der Frau. Aber die Folgsamkeit, das Pariren, war arg in die Brüche gegangen.

Sie versuchte zu thun wie sie es früher that, und sagte zum Beispiel:

„Kurt, gehe heute nicht auf die Jagd," oder „reite nicht, fische nicht," und so weiter.

Er hatte früher nie um das Warum gefragt, sondern gethan wie sie gebot. Auch jetzt fragte

er nicht, ja er befolgte wohl auch noch ihre
Wünsche oder ihre Befehle, keineswegs aber
immer und weil sie es befohlen, sondern — nun,
weil er sie liebte oder, was schlimm war, weil
es ihm eben genehm.

Sollte der vortreffliche, junge Mann an
Leib und Seele verloren gehen, wie es unter
solchen Umständen kaum anders kommen konnte?
Da das Gängelband und das mütterliche Auge
nicht mehr ausreichte, beschloß sie, sich eine Bun=
desgenossin zu verschaffen, eine Rosenketten flech=
tende, und das weitere würde, so dachte sie, sich
dann finden.

Die Auswahl unter den „möglichen" Töchtern
des Landes war keine allzu große, doch erwog sie
reiflich und schrieb endlich an einen entfernten
Vetter, das heißt an einen weitläufigen und
nicht an jenen eben erwähnten Löwen= Vetter,
sondern an einen von dazumal, mit welchem sie
in jungen Jahren manichfache Ideen ausgetauscht
über das Wesen drüben über dem Rhein, und
der ihr wacker Recht gegeben hatte in Allem was
billig und unbillig, mit dem aber, lag auch seine
Besitzung nicht eben allzu weit entfernt von
der ihrigen, doch später fast aller Umgang auf=
gehoben, oder wenigstens eingeschlafen war.

Das kömmt bisweilen so, Gott weiß warum.
Aber der Graf von Wildenfels hatte ein ähnli=
ches Schicksal gehabt, wie sie selbst. Er hatte
noch kurzer Ehe seine Gattin verloren und keine
zweite gefunden oder finden wollen, seine einzige
Tochter Katharina aber hatte er mutterlos auf=
gezogen, wie ohne Vater die Gerten ihren Sohn.

Eigentlich hätte nun die Gräfin, ihren An=
sichten gemäß, annehmen sollen, daß durch eine
solche männliche Erziehung durchaus ungünstige
Resultate erzielt worden seien, merkwürdiger
Weise aber, instinktartig vielleicht, nahm sie das
Gegentheil an, und vermuthete und hoffte in
der jungen Katharina ein energisches und ent=
schlossenes Wesen, und schrieb in diesem Sinne
an ihren alten Jugendbekannten.

Freilich aber hielt sie nicht an für ihren Sohn
um dessen Tochter, da aber anständige Leute
stets zwischen den Zeilen lesen können, und da
sie vielleicht selbst mehr schrieb, als sie eigentlich
schreiben wollte, so hatte die Sache, zwischen den
Alten wenigstens, bald einen gedeihlichen Fort=
gang, wenn gleichwohl vom Hauptpunkte wenig
oder gar nicht gesprochen wurde.

Sie erfuhr indessen aus den Briefen Wil=
denfels', natürlich nur nebenher und zwischen

tausend anderen Dingen, daß seine Katharina
ein seelengutes Mädchen sei, aber leider ver=
zweifelt herrschsüchtig und keinen Widerspruch
duldend, so daß er, der Graf, nicht selten kaum
mehr wisse, wer Herr im Hause sei, er oder sie.

Die Gerten lächelte wohlgefällig, wenn sie
Aehnliches las: „Das wird eine Frau nach dem
Herzen Gottes, der Kurt reitet, fährt und jagt
dann nicht mehr nach seinem eigenen Kopf."

Wenn aber Wildenfels in ihren Briefen ge=
legentlich die Mittheilung erhielt, daß der junge
Kurt fast zu sanft sei und darin seinem seligen
Vater nur wenig ähnlich, kaum einen eigenen
Willen habe, so lächelte er ebenfalls und sagte
zu sich selbst:

„Wenn etwas aus der Parthie wird, denn
darauf geht doch eigentlich Alles hinaus, so gäbe das
eine wahre Taubenehe. Es wird aber so arg nicht
sein mit der Sanftheit, wenigstens höre ich, daß
er auf der Universität eben kein Muster von
Sanftmuth war."

Da die Gräfin Auguste in der Hauptsache
mit sich im Reinen und überhaupt keine Freundin
von vieler Umständlichkeit war, so sagte sie eines
Tages plötzlich zu Kurt:

„Apropos, Kurt, ich glaube, daß es nun an der Zeit ist, daß Du heirathest."

„Warum nicht gar," versetzte dieser gleichmü= thig, „ich gedenke erst eine Reise zu machen, eine größere nämlich, und dann wollen wir sehen."

Die Gräfin fühlte, wie ihr das Blut zu Kopfe stieg, aber sie bezwang sich.

„Und wohin gedenkst Du zu reisen?" sagte sie mit möglichst ruhigem Tone.

„Ich werde mich in Deutschland zuerst ge= hörig umsehen, dann jedenfalls Paris und London besuchen, und vielleicht auch, doch weiß ich das noch nicht gewiß, auf einen Sprung nach Spa= nien gehen.

„Nicht auch nach Italien?" rief die Gräfin heftig.

„Später," versetzte Kurt ruhig, „und da ich wahrscheinlich doch einmal heirathen werde, viel= leicht dann mit meiner jungen Frau."

Diese mit so bestimmter Klarheit an den Tag gegebene Selbstständigkeit war denn doch der Gräfin zu viel, und um das Zeichen zur Schlacht zu geben, oder vielleicht auch um gleich von vorn herein einen entscheidenden Schlag zu thun, sagte sie:

„Du wirst nicht w a h r s c h e i n l i c h heirathen,

sondern ganz zuverlässig, Du wirst eben so wenig ohne allen Zweck im Lande herumreisen, sondern hübsch zu Hause bleiben und Deiner Braut,
wie es gebräuchlich ist, den Hof machen, und
ob, wenn Du geheirathet haben wirst, Deine
Frau Dich nach Italien lassen wird, hängt von
ihr ab und steht jedenfalls noch im weiten
Felde."

„Meine Braut, meine Frau?" erwiderte Kurt
mit einer Betonung, welche mehr Verwunderung
als Unwillen auszudrücken schien.

„Aufzuwarten, mein Kind," sagte die Gräfin,
„aufzuwarten, ich will meine mütterliche Pflicht
gegen Dich bis an's Ende erfüllen und habe
deshalb bereits für Dich gewählt," und da der
junge Graf keine Miene verzog und nichts erwiderte, stand sie auf und legte ebenfalls schweigend ein Päckchen Briefe vor ihn hin, welche
Kurt sofort, nachdem er nach der Unterschrift
gesehen hatte, rasch zu durchlesen begann. Nun
müssen wir freilich gestehen, daß die Gräfin unter den Briefen des Grafen Wildenfels eine gewisse Auswahl getroffen hatte, nichtsdestoweniger
aber mußte auch in den übergebenen die Cha-
rakterstärke der jungen Dame hinreichend in's
Licht gestellt sein, denn Kurt schob die Briefe,

nachdem er einige derselben gelesen hatte, bei Seite und sagte:

„Diese reizende Katharina werde ich weder jetzt noch später heirathen, denn ich will eine sanfte und nachgiebige Frau, und kein' Mann=weib, welches, wie aus des alten Wildenfels' Schreiben klar zu erkennen ist, mehr einem Hu=saren als einem Fräulein ähnlich ist."

„Kurt," rief die Gräfin heftig auffahrend, „lasse mich so etwas nicht zum zweiten Mal hören!"

„Oder einem Dragoner, wenn das besser klingt!" sagte der Sohn ebenfalls heftig und mit erhobener Stimme.

Und jetzt begann eine ziemlich unangenehme Scene zu spielen, wie solche hie und da wohl fast in allen Familien ausgestanden werden, wenn gleichwohl modificirt nach dem Culturzustande der Betreffenden.

Hier aber war zwischen Mutter und Sohn noch niemals etwas Aehnliches, ja wohl nicht einmal Annäherndes vorgekommen, und deshalb kämpften wohl Beide mit ungewohnten Waffen. Endlich aber begann der Sohn einzulenken, sich zurückzuziehen, sei es nun aus alter Gewohnheit des Nachgebens oder aus anderen Gründen. Sie

solle ihm Zeit lassen, sagte er, er erkenne ihren
guten Willen, ja er danke ihr für ihre zärtliche
Fürsorge, aber er sei überrascht worden, die Sache
sei ihm zu unerwartet gekommen. Dann sprach
er von der Wichtigkeit des Schrittes und von
ähnlichen Dingen, und wiederholte endlich seine
Bitte um Aufschub, um sich ruhig überlegen zu
können, um eine Galgenfrist eigentlich.

Sie gestand ihm auch diese nicht zu und verfolgte rasch den errungenen Vortheil. In kurzer Zeit, in der kürzesten vielleicht, ja möglicher
Weise schon morgen käme Wildenfels und muthmaßlich Katharina mit ihm. Freilich, wie er
geschrieben habe, nur durchreisend und auf wenige Stunden, aber sie werde ihn zu halten suchen und erwarte von Kurt, daß er die Pflichten der Gastfreundschaft so wenig aus den Augen
verlieren werde, als die Sohnespflicht gegen
sie selbst.

„Ich werde mein Möglichstes thun," hatte
der junge Graf geantwortet und zog sich hierauf
zurück, nachdem er seine Mutter umarmt hatte,
und das war der Zeitpunkt, in welchem wir vorhin die Gräfin getroffen haben, und in welchem
sie neben der bestimmten Hoffnung, ihre Pläne
durchzusetzen, auch noch die unabweisbare Noth-

wendigkeit empfand, eine Bundesgenoſſin und
Mitregentin über ihren Sohn zu erwerben in
der Perſon dieſer jungen Katharina, welche bereits das Hausregiment ihres eigenen Vaters in
Zweifel geſtellt hatte. —

Wir begeben uns mehrere Stunden ſpäter,
etwa um die zweite Stunde des Morgens, in das
Schlafgemach unſeres jungen Freundes, des Grafen Kurt. Die große und geräumige Stube war
vollſtändig im Geſchmack der ſpäteren Rococo-
Zeit eingerichtet, und das Licht der beiden brennenden Kerzen brach ſich hundertfältig in der
Vergoldung der auf Ziegenfüßen ruhenden Tiſche
und Stühle, in den ebenfalls vergoldeten Me-
tallbeſchlägen der Kommoden und anderer Ge-
räthe, und endlich in den geſchliffenen Gläſern
des Kronleuchters. Kaum aber vollſtändig über-
einſtimmend mit dieſer Pracht des vorigen Jahrhunderts, war die Ausſchmückung der Stube, indem die Wände derſelben mit verſchiedenen Gruppen von Waffen und ähnlichen Dingen bedeckt
waren, welche theils die flotte Burſchenzeit, theils
das edle Waidwerk repräſentirten.

Wer kennt nicht dieſe Trophäen von gekreuzten Hieb- und Stoßſchlägern, flankirt von Piſto-
len, gekrönt mit Mützen, und umſchlungen mit

dem Bande, das früher manche junge Herzen
einte! Es will nicht viel bedeuten, wenn zwischen
Erinnerungen an die erste selbstständige Jugend=
zeit auch Ball= und Liebes=Reminiscenzen hän=
gen, Bandschleifen, vertrocknete Blumensträuße,
Kränze und ähnliche Dinge. Es ist mir das
immer wie ein entsagender Abschied vorgekom=
men an jene frische und kräftige Zeit, nicht wie
eine liebe Erinnerung.

Kurt hatte nichts dergleichen zwischen seinen
Studentenwaffen hängen, und als die Gräfin,
seine Mutter, zum ersten Mal diese Ausschmückung
seiner Stube sah, deren Bedeutung ihr wohl
bekannt war, betrachtete sie dieselbe eine Zeit
lang schweigend und sagte dann:

„Hast Du Dich mit diesen Waffen geschlagen?"

„Freilich wohl."

Sie nickte, und das zwar nicht mißfällig,
„denn ein anständiger junger Mann muß sich
schlagen," über das Mützen= und Bandwerk aber
äußerte sie sich gar nicht, „dergleichen geht vor=
über." Die Doppelflinten, Büchsen und Hirsch=
fänger, die Spielhahnfedern, Rehgeweihe, Gems=
bärte und ähnliche Jägereroberungen würdigte
sie keines Blickes. Sie betrachtete die Jagd, das
Tabakrauchen, selbst hie und da „einen guten

Trunk" als eine Einfältigkeit zwar, aber als
eine solche, die man den Mannsleuten lassen
müsse, damit sie, in Ermangelung solcher Be=
schäftigungen, nicht etwa gar auf herrschsüchtige
Gedanken verfallen möchten. —

Zwischen allen diesen Herrlichkeiten stand
trotz der frühen Tageszeit Kurt dennoch jagd=
oder eigentlich reisefertig, denn er hatte in seine
Jagdtasche die nöthigste Wäsche gesteckt und
nebenher das Allernöthigste auf Reisen, Geld
nämlich, diesen bei allen Menschensorten gil=
tigen Reisepaß, oder, wie ein bekannter alter
und gewiegter Reisender sagt: den besten Em=
pfehlungsbrief an alle unsere Mitbrüder. Dann
verließ er geräuschlos seine Stube, und schritt
durch den Park auf eine Thür zu, zu welcher
er den Schlüssel besaß.

Seine Gedanken oder sein Selbstgespräch aber
während Rüstung und Auszug waren etwa fol=
gende:

„Daß ich fortgehe, oder eigentlich ausreiße,
ist freilich nicht männlich und energisch, immer=
hin ist es aber eine Art wackerer Demonstration
gegen den Herrn Grafen sammt Zubehör, und
gegen meine gute Mutter, die morgen oder über=
morgen sehen mag, wie sie mit ihren Gästen

auskommt, denn bleibe ich, so gestaltet sich die
Sache unangenehm, wenn ich den Unartigen
mache, noch unangenehmer aber, wenn ich den
Artigen spiele, und einer diplomatischen Mittel=
rolle fühle ich mich nicht gewachsen zu sein. Ich
will also statt einer berühmten großen Reise, vor=
läufig eine bescheidene kleine antreten, und wenn
man im Schlosse nicht weiß, wohin ich gerathen
bin, so befindet man sich genau auf meinem
eigenen Standpunkte, da ich in der That selbst
nicht weiß, wo ich eigentlich hinlaufe. Fort
eben!"

Doch beschloß er, je nach Umständen, durch
einen Universitätsfreund von einer fremden Stadt
aus ein Schreiben an seine Mutter senden zu
lassen, mehr um ihr schriftlich mit bestimmteren
Worten als es mündlich geschehen, seinen Ent=
schluß, die ihm bestimmte Braut nicht zu hei=
rathen, kund zu geben, als um sie seines Ver=
schwindens halber zu beruhigen, denn da man
finden mußte, daß er mehrfache Gegenstände mit
sich genommen hatte, so konnten Gedanken an
einen sogenannten verzweifelten Entschluß kaum
stattfinden.

Er war unter solchen und ähnlichen Gedan=
ken in's Freie gekommen und schritt, nachdem

er den Park hinter sich hatte, rüstig in die noch
vom Monde erhellte Nacht hinaus. Wir wollen
nicht gerade sagen, daß unser Held leichtsinnig
war, aber er besaß den leichten Sinn, welcher
neben noch einigen anderen Dingen ein glück=
liches Vorrecht der Jugend ist, und ferner war
ihm ein gewisser Hang zum Romantischen und
Abenteuerlichen eigen, der ebenfalls kein Unglück
genannt werden kann, und auch Personen hö=
heren Alters noch bisweilen anhängt. Vermöge
dieser Eigenschaften aber waren bald alle noch
etwa ihm anhängenden schlimmen oder unange=
nehmen Gedanken verschwunden, und anstatt an
die Gräfin Mutter, an seine verschmähte Braut
und an ähnliche Dinge zu denken, beschäftigte er
sich mit den Elfen, die er auf den bescheidenen
Blumenkelchen der Wiesenblumen tanzen sah,
und begann darauf ein Gespräch mit Erlkönig
und seinen nebelumschleierten Töchtern, welche in
der That jetzt ihren nächtlichen Schlußreihen
längs des Erlenbaches aufführten, an dessen Ufer
er dahinzog. Während er aber so den fliehenden
und mehr und mehr unsichtbar werdenden Nebel=
streifen scherzhafte und phantastische Worte
zurief, kam es ihm einigemale vor, als sähe er
eine dunkle Gestalt vor sich in dem Erlengebüsche

9*

ſichtbar werden und dann wieder verſchwinden, in=
deſſen achtete er nicht ſonderlich darauf und ſprang
dann mit Hülfe einiger aus dem Waſſer her=
vorſtehenden Steine über den Bach, da ihm
der Fußweg dort bequemer erſchien. Er war aber
kaum einige Schritte gegangen und bog eben
um eine durch dichtes Buſchwerk gebildete Ecke,
als plötzlich dicht vor ihm eine menſchliche Ge=
ſtalt ſtand, welche indeſſen ſogleich ſagte:

„Ach gnädiger Herr Kurt, verrathen Sie mich
nicht!"

„Du biſt's Paul," erwiderte Kurt, welcher
jetzt einen Spielgenoſſen aus früherer Zeit in
dem jungen Bauerburſchen erkannte, „aber was
treibſt Du da, und aus welchem Grunde fürch=
teſt Du, daß ich Dich verrathen werde?"

„Hm," verſetzte Paul, „es iſt juſtament keine
Sünde nicht, aber — —" er ſtockte.

„Vorwärts!" rief Kurt, „thue den Mund
auf, ich habe nicht lange Zeit mich aufzuhalten."

„O," ſagte der junge Bauer, „Sie hätten
mich gar nicht näher zu Geſicht bekommen, wenn
Sie mir nicht immer zugerufen hätten: „Flieht
nicht Geſtalten," und auch noch andere Sachen,
die ich aber nicht recht verſtanden habe, wahr=

scheinlich aber war's auf lateinisch oder französisch geschimpft."

Kurt lachte, sein Jugendgespiele hatte seine Gespräche mit den Erl=Fräulein auf sich bezogen. Er ermahnte ihn aber hierauf, ihm mitzutheilen, was er angestellt habe und versprach ihm Verschwiegenheit.

„Na," sagte Paul, „wenn's nicht anders ist, muß es wohl heraus! Ich bin meiner Mutter schappirt!"

„Den Teufel auch," rief Kurt unwillkürlich, dann aber setzte er hinzu: „Du bist Deiner Mutter davongelaufen? Und weshalb, wenn man fragen darf?"

„Wegen der Katharein, Herr Kurt, einzig wegen selbiger, und weil sie so massiv sein thut," sagte Paul.

„So laß sie laufen," versetzte Kurt mit einem Anfluge von geheimem Vergnügen, „was thust Du mit einem groben Schatz?"

„Ach," sagte der junge Bauer, „der Schatz ist nicht grob, aber die Alte, die Mutter, sie will's nicht leiden, daß ich mit der Katharein plaudern thue und hat gemerkt, daß ich heute Abend gefenstert hab', wie wir es nennen. Als ich dann heim kam, war Thür und Thor ver=

schlossen, und die Alte hat aus dem Fenster schimpfirt, daß es eine Sünde und Schande. Der schuldige Respect vor dem gnädigen Herrn Kurt leidet es nicht, daß ich Alles repetiren thue. Aber die Nachbarschaft! Jesus, die Schande! und dann rief sie: „Gehe nur hin, Du —," und schön war's wiederum nicht wie sie mich nannte, „gehe nur hin, wo Du gewesen bist aber paß' auf, auf morgen!" Ich mag aber nicht aufpassen und mag auch nicht mehr nach Haus, und jetzunder gehe ich unter die Soldaten."

Seine Stimme war nicht recht taktfest bei diesen Worten, ob wegen seiner Liebe oder wegen des gefaßten heroischen Entschlusses, mag dahin gestellt bleiben, indessen lief er, wohl aus Gewohnheit von früheren Zeiten her, unver= drossen neben dem stark ausschreitenden Kurt her, und dieser ging jetzt mit sich selbst zu Rathe.

Reute den jungen Burschen sein Vorsatz und kehrte er wieder in das Dorf zurück, so war in einigen Stunden sowohl Kurt's Flucht, als auch die Richtung bekannt, welche er einge= schlagen hatte, lief er aber in der That Werbern in die Hände, so dauerte den jungen Grafen sein alter Spielgenosse. Dann fiel ihm die Aehnlichkeit ihres Schicksals auf: zwei Mütter

und zwei Söhne, deren Ansichten über Liebes=
sachen höchlich verschieden waren, dann liefen
diese beiden Söhne, um unangenehmen, freilich
nach Stand und Würden verschieden construir=
ten Erörterungen aus dem Wege zu gehen, in's
Weite, und endlich waren wieder zwei Katha=
rinen, freilich eine positive und eine negative,
die Ursache der Meinungsverschiedenheit und der
Flucht. Er hatte sich rasch entschlossen:

„Paul, weißt Du was, gehe mit mir.“

Dieser schüttelte verneinend den Kopf:

„Nä, der Herr Kurt geh'n auf den Frühan=
stand, und wenn wir dernachdem wiederum
heimkommen, geht's erst recht los, weil ich heute
Nacht keine guten Worte gegeben habe.“

„Bewahre,“ sagte Kurt, „wir kommen heute,
morgen, die ganze Woche und wahrscheinlich
selbst längere Zeit nicht nach Hause, ich mache
ebenfalls eine Reise.“

Das „ebenfalls“ war ihm unwillkürlich ent=
schlüpft, Paul aber machte einen Freudensprung.

„Ach!“ rief er, „der Herr Kurt machen eine
Plaisirtour und ich soll mit als Lakai, Kammer=
diener, Reitknecht oder gar als Leibkutscher.“

„Wir fahren und reiten nicht,“ sagte Kurt
lachend, „wenigstens vorläufig nicht, wenn Dir's

aber recht ist, kannst Du zu Fuße mit mir lau=
fen!"

„Freilich ist's mir recht," versetzte Paul, „und
mich laufen Sie nicht zu Schanden, aber ich
glaube, wir werden bald in einer Kutsche sitzen,
und dann geht das Plaisir erst recht an. Geben
der Herr Kurt mir aber jetzt Ihre Jagd=
tasche, da trete ich meinen Dienst gleich an."

Kurt gab sie ihm und sagte:

„Ich werde sorgen, Dir sobald es möglich
ist, irgend ein Schnappsäcklein oder einen Ran=
zen zu kaufen, und dann nehme ich die Jagd=
tasche wieder, wer weiß, ob wir nicht auch
Mundvorrath oder andere Dinge mit uns füh=
ren müssen."

Mittlerweile hatte der Tag zu grauen be=
gonnen, und da bereits unzähligemale dieser
Kampf der Aurora mit der erbleichenden Luna,
geschildert worden ist, so begnügen wir uns zu
sagen, daß die Erstere wie immer siegreich aus
demselben hervorging, und die aufsteigende Sonne
bald unseren beiden Wanderern ihre jugendlichen
Strahlen zusendete. Die Besitzung des Grafen
Gerten erstreckte sich nach dieser Richtung hin
nur wenige Stunden weit, und Kurt war nicht
häufig über diese Grenze seines väterlichen Er=

bes hinausgekommen, während er nach anderen
Seiten hin sich besser umgesehen hatte. Eben
deshalb aber hatte er diesen Weg eingeschlagen,
da er hoffte, nicht erkannt zu werden, und wäh=
rend er natürlich die seitwärts liegende Besitzung
des Grafen Wildenfels vermeiden wollte, beab=
sichtigte er zuerst, den größeren Wald zu durch=
streifen, der bald beginnen mußte, und sich spä=
ter vielleicht nach einer mittelgroßen Stadt zu
wenden, welche hinter dem Waldgebirge lag und
die er ebenfalls noch nicht besucht hatte. Die
Umstände würden dann das Weitere ergeben.

Er erinnerte sich indessen eines ziemlich
großen Sees, der an der Grenze des beginnen=
den Waldes lag, und einer Mühle eben an die=
sem See, welche, als er einmal als Knabe mit
seiner Mutter dorthin gefahren war, ihrer ro=
mantischen Lage wegen Eindruck auf ihn gemacht
hatte. Paul erklärte auf Befragen, daß ihm
der Weg zum See wohl bekannt sei, daß er
aber, Gott sei Dank, in den Wald noch nicht
gekommen sei.

„Dort," sagte er, „sein nichts als Steiner
und Baumzeug, und am See ist abermals nichts
als Bäume und Wasser. Aber wegen der schmu=
tzigen, alten Mühle brauchen sich der gnädige

Herr Kurt nicht zu fürchten. Da steht jetzt ein vornehmes Wirthshaus, wo sich „Zur Stadt Frankfurt" schreibt, aus schuldiger Recompenz, weil der Lump, der Müller, viele tausend Gulden in der Frankfurter Lotterie gewonnen hat. Gegönnt hat's ihm freilich keiner nicht, aber Neider sind besser als Mitleider."

„O weh," sagte Kurt, „da ist die alte Poesie verloren!"

„Die?" versetzte Paul, „für die ist's nicht Schade, das alte Laster hat ihrem Manne das Leben sauer genug gemacht, und als das viele Geld kam, hat sie vor lauter Vergnügtheit der Schlag gerührt. Aber die Tochter ist da und ist eine Mamsell geworden, oder ein Fräulein oder eine Dame, es wird wohl egal sein wie's heißt. Aber, Sapperlot! proper von Bildung, und in der Montur am allermeisten. Das ist ihr alles in der Pensionirung eingebläut worden und hat dem Alten freilich schwer Geld gekostet, und jetzt läuft sie sogar an Werkeltagen in ihren Sonntagskleidern, denn die Bildung läßt sich nicht hinter die Thür stellen und wer's lang' hat —"

„Halt," rief Kurt, „jetzt weiß ich genug. Aber höre: Wenn wir in jene Mühle oder in

ben Gaſthof kommen, ſo iſt es nicht nöthig, daß
Du irgend Jemand ſagſt, wer ich bin.“

„Das wäre noch ſchöner,“ verſetzte Paul,
„wenn ich meinen gnädigen Herrn Grafen ver-
leugnen ſollte. Ganz im Gegentheil, da ſoll
mich keine Mühe verdrießen, und ich will aller
Welt —“

„Ich verbiete Dir’s aber,“ ſagte Kurt ärgerlich, „merke Dir das, ich will es nicht haben,
frägt man Dich, ſo magſt Du ſagen, daß ich
Dich erſt geſtern gedungen habe, mich auf einer
Fußreiſe zu begleiten, und daß Du meinen Namen nicht kennteſt, oder ſonſt irgend Etwas, was
Du willſt, nur nicht wer ich bin.“

„Verſteht ſich,“ erwiderte Paul, „da verlaſſen
Sie ſich nur auf mich, ich will lügen, daß die
lieben Engel im Himmel eine Freude daran
haben.“

Er hatte ein Stück Wahrheit errathen, oder
wenigſtens etwas der Wahrheit Aehnliches, und
jetzt erſchien auch ihm, wie früher ſeinem zeitweiligen Herrn, die Verbindung mit demſelben
höchſt zweckmäßig und paſſend.

Schweigend oder nur kurze Geſpräche füh-
rend, waren ſie jetzt eine Strecke weit gewandert
und die bewaldeten Abhänge des Gebirges tra-

ten ihnen nun immer deutlicher entgegen. Dann
gelangten sie in ein ziemlich dichtes Birkenge=
büsch, durch welches ein mannigfach gekrümm=
ter Weg führte, und jetzt, am Ende des kleinen
Gehölzes, lag plötzlich der See vor ihnen.

Kurt blieb stehen und betrachtete sich den
wirklich reizenden Anblick. Freilich erschienen
ihm die gegenüber liegenden Berg= und Felswände
kaum halb so hoch, als er sie sich nach seinen
Erinnerungen vorgestellt, und auch der See
selbst war bedeutend kleiner, wie denn das so
zu gehen pflegt mit Gegend und Hausraum, ja
vielleicht selbst mit der Schätzung menschlicher
Größen, die uns das kindliche Erinnerungsver=
mögen aufbewahrt, wunderhübsch war aber den=
noch die Berg= und Wasserlandschaft, die da
vor ihm plötzlich aus ihrem Versteck hervorge=
treten war.

Tiefdunkel, fast moosgrün und spiegelglatt
lag der größere Theil der Wasserfläche da und gab
ein getreues Bild der am jenseitigen Ufer an=
steigenden bewaldeten Felswand, die sich in
die Tiefen des Sees fortzusetzen schien. Ein
anderer Theil des Wassers, den bereits die
Strahlen der Sonne begrüßten, hielt die Mitte
zwischen Gold= und Purpurfarbe, und kräuselte

sich in kleinen und zierlichen Wellen. War, an=
gelockt vom Morgenkusse der Sonne, ein Luft=
hauch aus den Bergen geflogen und tändelte
dort mit Wasser und Sonnenlicht, oder wallte
die Fluth des Sees freudig der Wärme des
jungen Tages entgegen? Kurt bedachte das nicht
weiter, sondern erfreute sich an dem lieblichen
Bilde, das vervollständigt wurde durch die mit
Birken und Erlen gesäumten Ufer und durch die
unfern von ihnen sich erhebenden grauen Felsen,
auf welchen sich mancherlei Nadelholz angesiedelt
und festgeklammert hatte, wo und wie es nur
irgend möglich.

Dann sah er nach der Mühle, oder nach
dem Platze, wo dieselbe früher gestanden, an
einer kleinen Bucht des Sees und halb versteckt
von dunklen Fichten. Aber als er einige Schritte
weiter vorwärts trat, glänzte ihm ein grell weiß
angestrichenes, dreistöckiges Haus entgegen, mit
einem flachen Schieferdache und umstanden von
einigen italienischen Pappeln, welche indessen
in der Nähe der unkultivirten Waldbäume sich
nicht recht heimisch zu finden schienen, und trotz
ihrer Jugend dennoch ersichtlich an Gipfeldürre
litten. Die Fichten waren gefallen, und die
Mühle mit ihrem klappernden Rade und be=

moosten Dache war ebenfalls verschwunden als
ein Opfer der Frankfurter Lotterie. Auch der
Waldweg, der früher zur Mühle geführt hatte,
war in eine mäßig breite Landstraße umgewan=
delt worden, und auf dieser begaben sich jetzt un=
sere Wanderer in den Gasthof „Zur Stadt Frank=
furt," und was die Gefühle der beiden Reisenden
betraf, so ärgerte sich Kurt innerlich über den
Sieg, den die Civilisation auf Kosten der Roman=
tik errungen hatte, während sein Diener unver=
hehltes Wohlgefallen an dem neuen Hause äu=
ßerte, und bei seinem Herrn eine gleiche Gesin=
nung für ganz natürlich hielt.

Der frühere Müller und jetzige Hôtelbesitzer
stand unter der Thür, in Hembärmeln und
fast mehr ländlich als städtisch bekleidet, aber er
hielt nicht Stich, sondern lief in's Haus, um
noch Louis, dem Oberkellner, zu rufen, der auch
nicht lange darauf erschien, und nach flüchtiger
Musterung der Ankömmlinge, dieselben nach Art
seiner städtischen Collegen zu bedienen begann,
und ziemlich rasch die bestellte kalte Küche und
eine Flasche Wein brachte.

Jetzt trat auch der Wirth hinzu und begann
mit Kurt ein Gespräch:

„Schon so frühe auf den Beinen, guter Freund? Woher des Landes?"

Aber der Angesprochene fand keine Zeit zur Antwort, denn der Kellner, welcher vor der geöffneten Thür die Worte seines Herrn gehört haben mußte, rief diesem heftig zu, hinauszukommen, und jetzt wurde Kurt Zeuge eines vielleicht nicht ohne Absicht ziemlich laut geführten Gesprächs:

„Kreuz Donnerwetter, Herr Diefel," sagte der Kellner, „wollen Sie denn ewig ein Bauernkerl bleiben und niemals Schliff und Kultur annehmen? Ist's denn nicht in ihren Bauernschädel gegangen, daß der Herr da drinnen was Feines ist, und spricht man eine solche Herrschaft in Hemdärmeln und mit: guter „Freund" an? He? Ist das Manier?"

„Ich habe geglaubt, es wäre halt ein Jäger," erwiderte der Gasthofbesitzer ziemlich eingeschüchtert.

„Ein Jäger," rief Louis, indem er heftig mit dem Zeigefinger gegen seine Stirne tippte, „ein Jäger! Ich hätte fast gesagt, was Sie sind! Haben Sie denn nicht seine mit Silber garnirte Büchse gesehen, das feine Tuch am Jagdkleid, den feinen Hut und den kleinen und

dennoch kostbaren Siegelring an seinem Finger?
Von Gang und Manier des Herrn will ich gar
nicht reden, das begreifen Sie doch nicht. Aber
ich habe bei Ihnen eine miserable Stellung. Da
lassen Sie mich aus der Stadt kommen, um
Ihnen ein wenig Anstand beizubringen, und
einen coulanten Gastgeber aus Ihnen zu machen,
und ich habe nichts als Schande und Spott von
Ihnen, ein Esel lernt eher das Lautenschlagen,
als Sie ein nur halbweg nobler Gasthofbesitzer
werden."

„Schimpfen Sie doch nicht immer so," sagte
der Wirth kleinlaut.

„Wollen Sie grob werden," rief Louis hef=
tig, „probiren Sie's, und in Zeit einer Viertel=
stunde bin ich aus dem Hause, verstehen Sie
mich!"

Es entstand eine kleine Pause, und dann sagte
der Wirth:

„Die Freilin soll herunterkommen, und soll
dem Herrn Klavier vorspielen und französisch mit
ihm reden."

„Sonst nichts?" versetzte der Kellner höhnisch.
„Die hat jetzt mehr zu thun."

„Was denn?" fragte Diefel schüchtern.

„Sie schläft," versetzte Louis, „und damit

Punktum, aber ziehen Sie jetzt Ihren Rock an und bedienen Sie den Herrn. Teller wechseln! Ich will sehen, wie Sie sich anstellen."

Kurze Zeit darauf erschien der Unglückliche wirklich und begann seinen Dienst zu verrichten, während Louis im Hintergrunde stand und durch Pantomimen, und wohl auch durch halblaute Zurufe sein Opfer zu lenken suchte. Zum Beispiel: „Nicht so fest auftreten! Kurze, rasche Schritte, nicht ellenlange! Nicht mit den Tellern klappern!"

Kurt kam der ganze Vorgang halb lächerlich, halb peinlich vor, und er richtete an den Wirth einige freundliche Worte, welche dieser mit durch die Dressur bereits erlernten, aber meist wenig passenden Redensarten erwiderte. Nachdem sich endlich Herr und Diener, und man kann die Rollen vertheilen wie man will, entfernt hatten, trat Kurt zum Flügel, der von guter Arbeit zu sein schien, und schlug einige leise Accorde an. Aber das sonst gute und ohne Zweifel theuere Instrument war furchtbar verstimmt, und es kam nach und nach eine gewisse Unbehaglichkeit über den jungen Mann, welche durch die ganze höchst geschmacklose und ungemüthliche Einrich= tung des Gastzimmers noch vermehrt wurde.

Faſt ärgerlich ging er jetzt zum Fenſter und
blickte auf den See und die Waldgegend, welche
ihm nun ebenfalls beinahe weniger reizend als
vorher erſchien, und tolle Gedanken begannen in
ihm aufzuſteigen.

„Biſt Du nicht eigentlich ein Narr,“ ſagte
er zu ſich ſelbſt, „weil Du Dich hier unter lang=
weiligen und abgeſchmackten Menſchen herum=
treibſt?“ Dann war es ihm einige Augenblicke
lang, als ſolle er umwenden und zu Hauſe ſei=
nen Willen durchſetzen, im Guten oder Schlim=
men, wie es eben käme. Der Gedanke begann
mehr und mehr Wurzel zu ſchlagen, als plötzlich
das Rollen eines Wagens hörbar wurde und
raſch ſich näherte. Dieſel, der Wirth, ſchlich leiſe
in den Hof, Louis aber ergriff raſch eine Ser=
viette und ſprang zur Hausthür. Aber der ge=
ſchloſſene Wagen fuhr raſch vorüber, und als
Louis wieder in’s Gaſtzimmer trat, fragte ihn
Kurt, wem die Equipage gehöre.

„Seiner Excellenz dem Herrn Grafen von
Wildenfels,“ ſagte dieſer, „und ohne Zweifel fah=
ren Dieſelben zu den Gräflichen nach Gerten, es
iſt der directe Weg.“

„Fahren ſie wirklich zu den Gräflichen nach
Gerten,“ murmelte Kurt ingrimmig, und einen

Fluch unterdrückend, zwischen den Zähnen, „nun, sie sollen das Nest leer finden und wenigstens nicht den, den sie suchen."

Seine Vorsätze, heimzukehren, waren verschwunden, was erfreulich für uns, wenngleich leider nicht für den geehrten Leser, und er fragte nach der Zeche.

„Wollen der Herr Baron uns schon verlassen?" fragte Louis im bedauernden Geschäftstone.

Kurt bejahte, er war innerlich erfreut, nicht erkannt worden zu sein, und stand nach wenigen Augenblicken gerüstet unter der Thür des Hauses.

„Wohin führt der Weg dort, längs der Schlucht?" fragte er, auf einen sich in den Wald ziehenden Pfad deutend, während Louis die Schulter ziehend und schmerzlich lächelnd die Abwesenheit „des Herrn" entschuldigte. Aber er erhielt dennoch die gewünschte Auskunft.

„Direct zu den zwei Philosophen," sagte Louis.

„Um Gotteswillen," rief Kurt, „ist das auch ein neu errichtetes Hôtel?"

„Doch nicht," sagte der Kellner, „das fehlte noch, daß wir auch Concurrenz hätten! Aber es logiren zwei Herren aus der Stadt droben im

Walde, ich glaube, noch nicht lange, mehr weiß ich aber kaum, denn ich selbst kann bei den un=glücklichen Verhältnissen hier im Hause natür=lich keinen Augenblick abkommen, von dort oben aber kommen nur selten Leute zu uns. Die Stadt liegt näher."

Paul war offenbar nicht damit einverstanden, daß man das vornehme Gasthaus so bald ver=lassen, und da ihn der genossene Wein ein wenig gesprächig gemacht hatte, so äußerte er, als die beiden Reisenden den ziemlich steilen Bergpfad anstiegen, sein Bedauern hierüber.

„Das Beste ist uns blebe gegangen," sagte er, „die Musik von der Fräulen. Die singt wie eine Flöte und hantirt auf dem Klavier, daß die lieben Engel im Himmel ein Erbarmen ha=ben. Und ich habe sie noch gekannt, wie sie Gänse gehütet hat, gerade dort wo jetzt die feine Wirthschaft steht. Es ist erschrecklich, wie sich der Mensch verändern kann."

„Meinethalben," versetzte Kurt, „mir war die ganze Wirthschaft dort im Hause höchst lang=weilig, und fast widerlich erschien mir das Ver=hältniß zwischen dem alten Narren, dem ehema=ligen Müller, und dem übermüthigen Burschen aus der Stadt."

„Hm," sagte Paul, „will er's wissen, so muß er's lernen, Keiner nicht kommt als Pfarrer oder Doctor auf die Welt, und wenn er sich einen Lehrer, oder wie Eure Gnaden hatten, einen Instructer hält, so muß er folgen, das haben der gnädige Herr Graf selbst thun müssen, und ich dem Schulmeister, der noch viel gröber war, als der drunten in der „Stadt Frankfurt."

„Gut," versetzte Kurt; „in einiger Beziehung hast Du vielleicht nicht ganz Unrecht, sprechen wir aber nicht mehr von diesen Dingen, die jetzt im doppelten Sinne des Worts weit hinter uns liegen. Sage mir lieber, ob Du etwas von den Philosophen weißt, die da im Walde wohnen sollen?"

„Nä," sagte Paul, „ich weiß keine Silbe von ihnen, weil ich niemals weiter in den Wald gekommen bin, als bis an den See. Ich kenne auch die Profession gar nicht, die man so heißen thut, aber viel wird nicht hinter ihnen sein, denn welcher ordentliche Geschäftsmann setzt sich da mitten in den abscheulichen Wald hinein, wo keine Nahrung und kein Verdienst ist."

Kurt antwortete nicht, sondern blieb stehen und blickte um sich. Sie waren jetzt an eine Stelle des Weges gekommen, welche, hatten sie

gleichwohl noch nicht die Höhe des Gebirges erreicht, doch schon eine ziemliche Fernsicht über
den Wald erlaubte, und zugleich einen Blick in
das tiefgeschnittene Waldthal zu ihren Füßen.
Unbändig brauste dort ein Waldbach thalabwärts,
in ungeduldiger Eile über Stein und Fels sprin-
gend, als könne er es nicht erwarten, bis er zum
Flusse gelangen würde, der draußen in der
Ebene ruhig und besonnen seines Weges zog,
und das ungestüme nach vorwärts drängende
Wesen des kleinen Gesellen freilich bald regeln
wird. Die ziemlich steil abfallenden, felsigen
Thalwände entbehrten indessen durchaus nicht
allen Baumschmuckes, denn auf einzelnen Absätzen
derselben standen riesige Fichten, und an den
Ritzen und Spalten steiler Stellen hatte sich
allerlei Buschwerk angeklammert, und das vielleicht fester als auf ebenem Waldboden, eben
weil Standort und Stellung schwieriger. Unten
aber, und in der Nähe des Waldbaches, trug die
Schlucht ein glänzendes, grünes Moeskleid, dem
die Spritzwellen des Wasserwildfangs ein pracht-
volles, sammetartiges Ansehen verliehen. Während aber aus dem Thale eine angenehme und
erfrischende Kühle zu unseren Reisenden aufstieg,
trug ihnen der von den Höhen kommende Mor-

gen= oder besser, bald Mittagswind die balsamischen
Düfte zu, die der Wald spendet, das Nadelholz
sowohl als auch der Laubwald, jedes freilich nach
seiner Art.

Kurt belobte die Schlucht und den Wald, der,
als sie jetzt weiter schritten, mehr und mehr seine
Herrlichkeit entfaltete, wobei Paul schweigend ne=
ben ihm herlief, als er aber vom Wohlgeruche
des Fichtenharzes und dem der jungen Birken
sprach, lachte Paul und sagte:

„Es ist ein wahres Plaisir mit Ihnen in
der Welt herumzulaufen, gnädiger Herr Kurt,
weil Sie immer so schöne Späße machen. Jetzt
merke ich wohl, daß Ihnen die „Stadt Frankfurt"
auch recht gut gefallen hat, und daß Sie nur
aus Spaß thaten, als wäre Ihnen die schuftige
alte Mühle lieber gewesen. Und jetzt sollen gar
die Bäume gut riechen! Meinetwegen, aber an
die guten Sachen, wo Sie zu Hause immer auf
Ihr Taschentuch gießen, dürfen alle Bäume auf
der ganzen Welt nicht, sie mögen heißen und
riechen wie sie wollen."

„Du bist unverbesserlich," sagte Kurt lachend,
„sage mir, ob es möglich ist, daß Du den herr=
lichen Duft des Waldes nicht riechst?"

„Wenn's befohlen wird," versetzte Paul, muß

ich's freilich riechen, weil ich jetzunder Ihr Bedienter bin, wenn ich aber Gott und der Wahrheit die Ehre geben soll, so riecht's da nicht besser und schlechter als anderwärts auch in der freien Luft. Vielleicht macht's bei Eurer Gnaden die Abwechslung, oder es ist gar eine optische Täuschung, wie der Schulmeister den Regenbogen heißt."

Unter solchen und ähnlichen Gesprächen waren sie schon mehrere Stunden gegangen, dann aber wurde die Unterhaltung spärlicher und stockte endlich vollkommen.

Freilich zog die Poesie neben Kurt her und zeigte ihm bald pittoreske Schluchten, bald weitere Thäler mit lachenden Wiesengründen, dann, auf der Höhe des Gebirges, lenkte sie sein Auge über die Gipfel der Bäume hinweg in weite, duftige Fernen, die endlich mit dem Himmel verschmolzen, oder begrenzt waren durch ein bläulich schimmerndes Gebirge, oder vielleicht auch durch eine Wolkenschicht. Wer konnte das wissen?

Und als sie dann durch einen Buchenwald schritten, mit riesigen, himmelanstrebenden Stämmen, flüsterte ihm seine Begleiterin zu:

„Sieh' an, das ist ein Dom, ein hoher, hochheiliger, den Gott der Herr sich selbst gebaut hat

ohne Baumeister und Steinmetz, ohne Stiftgeld
und Collecte, ja selbst ohne Lotterie. Die starken,
glatten Stämme sind die Säulen, das Laubdach
ist Kuppel und Gewölbe, und dein Herz, du
Menschenkind, soll der Altar sein, auf dem du
ihm opferst. Hörst du droben in der luftigen
grünen Kuppel die Vöglein ihm lobsingen, ihn
preisen? Singe ein stummes Lied mit ihnen in
deinem Herzensaltare."

Im Eichenforste hierauf führte sie ihm die
Erinnerung zu, geschmückt mit den Rosenkränzen
der Knaben- und ersten Jünglingszeit. Der mäch-
tige Buchenwald, wie er ihn vorhin durchzogen,
fehlte freilich in seiner Heimath, ehrwürdige
Eichen aber streckten dort wie hier ihre knor-
rigen Astarme zum Himmel, und ihm war es,
als zöge er wie damals sorglos und fröhlich
unter dem rauschenden Blätterhimmel hinweg.
Wie dort saß der Heher im Astwerke der Eichen,
mit klugen Augen auf den Wanderer blickend,
und entwich dann mit mißtönigem Schrei, kam ihm
jener in bedrohliche Nähe. Der blaue Federschmuck
seiner Flügel glänzte plötzlich hell auf, wenn ein
Sonnenstrahl, der zwischen den Aesten sich durch-
geschlichen, seine Schwingen traf, und wenn der
Flüchtling verschwunden war, ward das eintönige

Klopfen des Schachts hörbar, der anklopfte an
der Rindenthür der Eichen, ob seine Freunde,
die Bäume, nicht einige Würmlein oder vielleicht
ein paar Käfer für ihn aufgehoben. Auch das
Eichhorn huschte hier, wie im heimathlichen
Walde, stammaufwärts, und floh dann mit flie=
gendem Sprunge, von Ast zu Ast.

Also klang die Erinnerung wieder im Herzen
des jungen Mannes, und die Poesie schmückte
Gegenwart und Vergangenheit mit rosigen, rei=
zenden Farben.

Allmählich aber verblichen diese, und auch die
poetische Stimme verstummte, und als Kurt
nach seiner himmlischen Begleiterin blickte, lief
statt dieser ein hagerer, hohläugiger Geselle ne=
ben ihm, klapperbeinig, dürr und mit bleichen,
eingefallenen Wangen. Er kannte ihn wohl, und
war es gleichwohl der echte Gevatter Klapperbein
nicht, so war es doch einer, der hie und da ihm
wacker in die Hände arbeitet.

Paul nannte ihn beim rechten Namen, denn
als Kurt ihn jetzt fragte:

„Warum läßt Du die Ohren so hängen und
bist stumm geworden seit einiger Zeit?" sagte er:

„Ach, gnädiger Herr Kurt, ich denke an den

kalten Braten in der „Stadt Frankfurt," denn ich habe meschanten Hunger."

„Es geht mir wie Dir," versetzte sein Herr lachend, „und ich sehne mich jeden Augenblick mehr nach den Philosophen, aber ich sehe noch immer keine Spur einer menschlichen Wohnung."

„Wenn sie nur wenigstens etwas haben," sagte Paul, „auf ein Stück Geld für die Ver= köstigung soll es uns nicht ankommen. Aber es geht heute Alles krumm. Vorerst die Dummheit mit meiner Katharein, wo meine Alte so obsti= nat war, hernach hat uns die Fräulen verschla= fen, und jetzunder das Waldvergnügen und die erbärmliche Hungerleiderei. Ich fürchte gewal= tig, wir sind vom rechten Wege abgekommen."

Die Befürchtung des guten Burschen schien sich indessen nicht bestätigen zu wollen, denn als unsere Reisenden nach kurzer Zeit das Ende des Eichenwaldes erreicht hatten, sahen sie eine kleine, waldumgebene Hochebene, und in deren Mitte eine menschliche Wohnung, auf welche sie sogleich zusteuerten.

Sie konnten jetzt bereits das Gebäude sowie dessen nähere Umgebung ziemlich genau unter= scheiden. Auf einem etwa eine Viertelstunde im Gevierte haltenden Plateau stand ein ziemlich

hoher, runder und offenbar aus sehr alter Zeit
herrührender Thurm, ohne Zweifel der Rest einer
Burg, oder vielleicht selbst eines Römerbaues, der
unbedingt die nächstgelegenen Berge beherrscht
hatte. Angebaut an diesen Thurm war aber ein nur
aus einem Erdgeschoß bestehendes Haus, von ge-
fälligem und wohnlichem Ansehen, welches seiner
Bauart nach wohl weniger zu ökonomischen Zwecken,
als zu einem ländlichen und abgeschiedenen Som-
meraufenthalt bestimmt war, und der Laune oder
der Liebhaberei eines bemittelten Mannes seine
Entstehung verdankt haben mochte, und Bäume,
welche hinter einer Umzäunung auf der sonst wald-
freien kleinen Ebene hervorragten, ließen zugleich
auf eine mäßig große Gartenanlage schließen.

Unsere beiden Reisenden folgten dem Pfade,
welcher sie bisher geführt hatte, und Kurt sagte:

„Ich glaube jetzt wirklich, daß sich hier zwei
Philosophen aufhalten, vielleicht sogar ein paar
berühmte und bekannte, vielleicht auch ver- oder
unbekannte Gelehrte, die sich hieher zurückgezo-
gen haben, um in ländlicher Ruhe irgend ein
merkwürdiges Werk auszuarbeiten."

„Kochen thun sie wenigstens," sagte Paul
vergnügt, „der Schornstein raucht, und einheizen
thut bei dieser Hitze Keiner nicht."

Sie waren jetzt in die nächste Nähe des Ge-
bäudes gekommen, und da sie hinter dem mit
Schlingpflanzen bewachsenen Zaune menschliche
Stimmen hörten, blieben sie unwillkürlich stehen
und blickten durch eine Lücke in das Innere des
Gartens.

Es war ein eigenthümlicher Anblick, der sich
ihnen darbot.

Ein ziemlich großer und nicht unelegant ge-
kleideter Mann, mit dunklen Haaren und lebhaften schwarzen Augen, ging auf dem mit Sand
bestreuten Gartenwege an der Seite eines Zweiten auf und nieder.

Dieser Andere aber trug eine Uniform, welche
sich Kurt nicht erinnerte jemals gesehen zu haben, und obgleich keinen Degen, doch dafür auf
Kragen und Aufschlägen eine Stickerei von fabel-
hafter und ganz absonderlicher Form. Er war
kleiner und schmächtiger als sein Begleiter, fahl-
blond, muthmaßlich auch einige Jahre älter als
jener, und war ohne allen Zweifel von jenem
stark beeinflußt.

„Fühlen sich Eure Excellenz jetzt besser?"
fragte der Große.

„Ja," versetzte der Kleinere, „ich fühle mich
besser."

„Bedeutend besser?"

„Bedeutend besser," sagte der Fahlblonde mit
weinerlicher Stimme.

„Wiederholen Sie mir das mit Freudigkeit
in Sprache und Miene," sagte der Große in
strengerem Tone.

Der Kleinere machte eine krampfhafte Bewegung, welche vielleicht einen Freudensprung an-
deuten sollte, und rief grinsend:

„Ich befinde mich bedeutend, ganz außerordentlich bedeutend besser!"

„Ah," versetzte der Andere, „sehen Sie wohl!
Excellenz werden jetzt ohne Zweifel stets mehr
und mehr von der Wichtigkeit Ihrer Stellung
durchdrungen werden. Sie werden begreifen,
daß die Gefangenschaft, in welcher Sie hier gehalten werden, gleichzeitig zu Ihrem, so wie zu
des Landes Wohl unerläßlich nothwendig war,
und dann werden wir Beide wieder in die Welt
zurückkehren, Jeder von uns zu dem erhabenen
Berufe, zu welchem uns die Vorsehung bestimmt hat."

Die Excellenz schien plötzlich merkwürdig energisch zu werden.

„Nicht eher," sagte sie mit Bestimmtheit, „als

bis die Fürstin Eulalia, Durchlaucht, auf einem Beine stehend mich um Verzeihung gebeten hat."

Der große Mann mit den dunkeln Haaren runzelte einen Augenblick lang die Stirn, er schien sich indessen zu besinnen und sagte dann:

„Wir werden ja sehen! Rom ward nicht in einem Tage gebaut. Sehen Sie jetzt nach unserem Essen und füttern Sie hierauf die Hühner."

Die Excellenz entfernte sich schleunig in das Wohngebäude, und der Andere schlug die Hände auf dem Rücken zusammen, und setzte mit nachdenklicher Miene und gesenktem Haupte seinen Spaziergang fort.

Unsere beiden Reisenden zogen sich unbemerkt zurück, und während sie den Zaun umgingen, um zu einer Thür zu gelangen, sagte Paul flüsternd:

„Sind's zwei richtige Philosophen? Ich kenne das Zeug nicht so genau, Eure Gnaden aber haben es ihnen bestimmt schon abgesehen."

„Ich bin mir nicht recht klar," versetzte Kurt, „was die Scene, welche wir belauschten, bedeuten sollte. Der kleine blonde Mann mit der sonderbaren Uniform — —"

Paul unterbrach ihn und sagte:

„Wenn's kein Philosoph war, was der Herr

Kurt beſſer wiſſen müſſen, war's ſo eine Art
Landrichter, vielleicht ſogar ein ausländiſcher,
denn ſie ſind gerade ſo angezogen, wenn ſie auf
Commiſſion im Lande herumreiſen, oder die Leute
ſonſt coujoniren."

Kurt ſchüttelte ſchweigend den Kopf, da ſie
dicht am Gartenzaun vorübergingen, wollte er
kein weiteres Geſpräch führen. Man konnte aus
den Worten des großen Mannes vielleicht ſchlie=
ßen, daß der Andere in der Uniform ein gefan=
gener Staatsmann ſei, oder ein Verrückter, oder
vielleicht auch beides zugleich. Aber wie war
es möglich, ſich eines Gefangenen oder Geſtörten
in dem Gebäude mit den niederen, unvergitterten
Fenſtern zu verſichern, und in dem Garten, deſſen
Umzäunung ſchwach und leicht zu überſteigen
war? Unter dieſen Gedanken waren ſie an die
Thür des Gartens gekommen, und da dieſe nur
angelehnt war, ſo traten ſie ein.

Der ſtets noch ſinnend auf und nieder Wan=
delnde bemerkte ſie faſt augenblicklich, und kam
ihnen entgegen, indem er höflich ſagte:

„Seien Sie mir willkommen, meine Herren."

Kurt dankte auf gleiche Weiſe und bat um
Gaſtfreundſchaft, indem er ſagte, daß er auf einer
Fußreiſe begriffen ſei, und ſo viel von der ſchö=

nen Lage der Besitzung gehört habe, daß er nicht umhin gekonnt — —. Der muthmaßliche Haus= herr ließ ihn nicht enden.

„Es freut mich," sagte er, „daß die Leute endlich einmal anfangen, so viel es ihnen näm= lich möglich ist, vernünftig zu werden, und ich hoffe, daß wir gut zusammen auskommen werden."

Er schloß bei diesen Worten die Thür des Gartens, schob den Schlüssel in die Tasche und führte hierauf seine Gäste in's Haus, und als sie an der Küche vorüberkamen, rief er durch die geöffnete Thür derselben:

„Excellenz, wir haben zwei Gäste bekommen, sorgen Sie, daß das Essen nicht zu lange auf sich warten läßt."

Ein flüchtiger Blick genügte Kurt zu über= zeugen, daß der jetzt in der Küche beschäftigte Mann kein anderer war, als jener vorhin mit der Uniform bekleidete. Aber er trug jetzt eine graue Jacke, und als er bald darauf den Tisch deckte und das Mittagsmahl in die Stube brachte, benahm er sich ziemlich geschickt und an= stellig.

„Wie darf ich Sie nennen?" fragte während dessen Kurt den Hausherrn.

„Hofrath Düsterhund," versetzte dieser kurz,

und dann begann er an Kurt, und manchmal
auch an seinen Diener, eine Menge bisweilen
ganz eigenthümlicher Kreuz= und Querfragen zu
richten, deren aber hie und da wohl auch man=
gelhafte Antworten ihn dennoch stets zu befrie=
digen schienen. Was Paul betraf, für welchen
man in einer Ecke gedeckt hatte, so begnügte er
sich während der Mahlzeit damit, wacker zu
essen, ohne indessen seinen Herrn und den Hof=
rath aus den Augen zu lassen, welche beide allein
speisten, da die Excellenz in der Küche beschäf=
tigt war. Kurt begann sich lebhafter mit dem
Hofrathe zu unterhalten, welcher ihm mehr und
mehr zu gefallen anfing, da derselbe eine Menge
bizarre und wunderliche Redensarten auskramte.

„Bewohnen Sie schon längere Zeit diese
reizende Abgeschiedenheit?" fragte er ihn endlich.

Düsterhund schien sich zu besinnen und ver=
setzte dann gewissermassen ausweichend:

„Ich wirkte früher in meiner großen An=
stalt, zog mich aber hierauf auf diese meine
Privatbesitzung zurück, um mich ganz meinem
unglücklichen Freunde zu widmen, welchen Sie
vorhin gesehen haben."

„Ah," dachte Kurt, während Paul eine Fratze
zog, „jetzt werden wir Aufschlüsse erhalten,"

und dann sagte er: „Sie meinen den Herrn, welcher vorhin — den Tisch deckte und das Essen brachte. Darf ich fragen, wer er ist?"

Düsterhund blickte ihn mit blitzenden Augen an und versetzte dann:

„Junger Mann, Sie gehören offenbar den höheren Ständen an, sollte der Unglückliche Ihnen früher nicht irgendwo im Leben begegnet sein?"

Kurt verneinte nach einigem Besinnen.

„Denken Sie an einen Minister, der in Ungnade gefallen ist und deshalb das wurde, was ich in Ihrer Gegenwart nicht gern ausspreche."

„Großer Gott," rief Paul lachend, „es fallen heutzutage so viele Minister in Fürstenungunst und Volksungnade, daß es verzweifelt schwierig ist, jeden derselben im Gedächtnisse zu behalten."

„Nun," sagte der Hofrath, „um so besser, so mag Ihnen genügen, daß der arme Teufel sich diesen, wie Sie sagen, häufig vorkommenden Fall dennoch so zu Herzen nahm, daß er, Sie verzeihen, überschnappte und sich einbildete, ein Flickschneider zu sein. Greift Sie das an?"

„Er dauert mich," versetzte Kurt, „aber ich hoffe, es geht jetzt besser mit ihm."

„Das versteht sich am Rande," sagte der Hofrath fast drohend. „Und wenn der Teufel selbst hier in meine Anstalt käme und sagen würde: „„„Düsterhund, entschuldigen Sie, aber es rappelt bei mir, kuriren Sie mich!"" " Glauben Sie, daß mich das geniren würde?"

Kurt verneinte und gab, freilich der Wahrheit entgegen, auch zu, den als Irrenarzt berühmten Namen des Hofraths schon häufig gehört zu haben, was diesem, Gelehrte sollen ja alle eitel sein, offenbar äußerst wohlgefiel.

Als Kurt für sich und seinen Paul für die Nacht um Herberge bat, sagte Düsterhund lächelnd zu, und führte ihn dann in den alten Thurm, in welchem sich zwei wohnliche, ja fast elegante und vollkommen eingerichtete Stuben befanden, und eben so ein für einen oder mehrere Diener bestimmtes Gemach.

„Ich lasse noch mehrere einrichten," sagte der Hofrath, „und ich hoffe, wir kommen gut miteinander aus. Dem Minister widersprechen Sie nicht, dergleichen ist meine Sache, und man muß behutsam zu Werke gehen, ich selbst lasse häufig längere Zeit die armen Kerle, die Narren, bei ihren dummen Einbildungen. So zum Beispiel das tolle alte Mannsbild, welches bisweilen auf kurze Zeit zur Kur hieher kommt, und sich einbildet, das ganze Anwesen hier sei sein Eigenthum. Es geht mir mitunter freilich wider die Natur, aber es ist heutzutage das Feinste und Modernste, die Narren schwatzen zu lassen und ihnen ihren Willen zu thun, wenigstens eine Zeit lang."

Er schlug hierauf Kurt einen Spaziergang in die Umgebung vor, als dieser aber erwiderte, daß er ermüdet sei und ein wenig ruhen wolle, verließ er ihn, indem er sagte, daß er ihn schon zu rechter Zeit zum Abendessen abholen wolle, und das zwar noch vor Abend, indem er gewohnt sei, aus Gesundheitsrücksichten mit den Hühnern zu Bette zu gehen.

Kurt blickte eine Zeit lang aus dem Fenster und erfreute sich an der trefflichen Aussicht, als er aber hierauf seinen Paul bemerkte, der im Schatten einiger Obstbäume sich auf den Rasen hingestreckt hatte, und offenbar eingeschlafen war, beschloß er ein gleiches zu thun, da er sowohl wie jener die vergangene Nacht wenig oder gar nicht geschlafen hatte.

Die Sonne stand schon ziemlich tief, als er durch Paul geweckt wurde, welcher vor ihm stand und mit gedämpfter Stimme sagte:

„Pfui Teufel, Eure Gnaden, da sind wir in ein sauberes Nest gerathen! Der Minister ist ein Narr, der Hofrath ist ein Narr, und was das miserabelste ist, Euer Gnaden sollen auch einer sein. Morgen fängt der Hofrath die Kur mit Ihnen an, heute, hat er gesagt, läßt er Sie noch so mitlaufen, morgen aber geht's los. Ich bin auch capte mentus, wie er gesagt hat, aber gelinde, mehr ein Simpel, beim gnädigen Herrn Grafen rappelt's aber arg, weil Sie sich gar nicht entsetzt haben, wie er von der Narrheit gesprochen hat."

Kurt hatte sich aufgerichtet und sagte:

„Was schwatzest Du für Blödsinn?" dann setzte er aber hinzu: „Die Art und Weise des Hofraths Düsterhund ist freilich ein wenig eigen= thümlich, und fiel mir allerdings auf, es ist aber doch wahrhaftig nicht möglich, daß man zwei Narren so ohne Weiters da oben mitten im Walde zusammen wirthschaften läßt."

„O," sagte Paul, „sie schieben es einander in die Schuhe, und jeder will der sein, der den andern kurirt. Ganz abscheuliche Sachen haben sie sich vorgeworfen, und die Minister, die Schnei= der und die Hofräthe flogen herüber und hin= über, daß es eine Schande war."

„Paul," sagte Kurt,. „thue mir die Liebe und sage mir klar und deutlich, was Du gehört oder gesehen hast."

„Als der Hofrath von Düsterhund Eure Gnaden da heraufgeführt hatte und bald darauf wieder herunterkam, ging ich in den Garten und legte mich in's Gras, wie wir Bauersleute das gewohnt sind, um eine Geringigkeit auszubuseln, ich war aber kaum eingeschlafen, als ich durch einen derben Rippenstoß wieder aufgeweckt wurde, den mir der Düsterhund mit dem Fuße versetzt hatte.

„Stehe auf, mein Sohn," sagte er ganz lieb= reich, „und gieb mir Rede und Antwort über den andern Patienten, den Du mir heute ein= geliefert hast. Ist er bösartig und heimtückischer Natur? Rast und tobt er häufig oder nur bis= weilen? Und vor Allem, was ist seine fire Idee, was bildet er sich ein zu sein?"

Es half Alles nichts, daß ich ihm sagte, Eure Gnaden wären zehnmal gescheidter als er und der Andere zusammen. Er schwatzte eine Menge Zeug, was ich zum Theile nicht verstand, zum Theile vergessen habe, so viel aber habe ich gemerkt, daß er ein außerordentlicher Narren= doctor ist, der schon Könige und Kaiser und die

höchsten Potentaten kurirt hat, und daß Eure
Gnaden und ich ebenfalls zwei Narren sind, mit
denen er morgen seine Kur anfängt, zuerst douce=
ment, hernach aber, hilfts nicht, dick. Er hat uns
ausgeforscht schon während dem Essen und da ist
er dahinter gekommen, daß der gnädige Herr Graf
der größte Narr sind, schon deshalb, weil Sie
von freien Stücken daher gelaufen wären, dann
komme ich. Ob's wahr ist, weiß ich nicht, und
weiß auch nicht, ob Eure Gnaden alle die Grob=
heiten leiden wollen."

„Es ist klar," versetzte Kurt, „daß der arme
Mann wahnsinnig ist, unklar ist mir aber, was
wir beginnen. Wir Beide kennen hier herum
nicht Weg, nicht Steg, und da die Nacht im An=
zuge ist, so ist es kaum räthlich, heute noch fort=
zulaufen."

„Wenn's recht ist, was ich sage," erwiderte
Paul, „so bleiben wir heute hier und morgen
gehen wir blede. Ich werde fertig mit ihm,
trotzdem, daß er größer ist als ich, denn gut=
willig lasse ich nicht an mir herumdoctoriren,
und auf Simpelhaftigkeit schon gar nicht."

„Du sagtest vorhin," versetzte Kurt, „daß
dieser Düsterhund sich mit dem Andern gezankt
habe. Was hast Du da erfahren?"

„Nicht viel Gescheidtes," sagte Paul; „denn was können zwei wie die Beiden viel Ordent= liches reden? Aber sie haben sich abscheuliche Vorwürfe gemacht, und besonders hat es die Excellenz übel vermerkt, daß der Hofrath uns das Logie im Thurme angewiesen hat."

„Nun," sagte Kurt, „mein Plan ist so ziem= lich fertig, wir bleiben heute hier und gehen so viel als möglich auf die Tollheiten dieser zwei armen Verrückten ein, wollen sie uns aber trotz= dem auf den Leib, so wehren wir uns unserer Haut und schlagen uns durch."

Paul rieb sich vergnügt die Hände. „So ist's recht," rief er, „was das Possenmachen betrifft, verlassen sich Eure Gnaden auf mich, der Doc= tor oder Hofrath soll seine Freude daran haben, geht's aber an's Dreinschlagen, na, der Herr Kurt werden sehen!"

Es kam aber anders, als unsere beiden Rei= senden es sich gedacht hatten.

Nach nicht langer Zeit erschien der Flachs= blonde und bat mit anständigen Worten, zu Tische zu kommen, und nachdem sie ihm in die Stube gefolgt waren, in welcher sie bei ihrer Ankunft bewirthet wurden, fanden sie daselbst den Hofrath in einem Lehnstuhl sitzend, mit einer

Nachtjacke bekleidet und eine Zipfelmütze auf
dem Haupte tragend. Er schien sich in den we=
nigen Stunden auffallend verändert zu haben,
denn er sah blaß und angegriffen aus und nahm
von den Eintretenden kaum Notiz. Nach kurzer
Zeit aber sagte er mit mattem Tone:

„Excellenz, bringe mich zu Bette!"

„Lasse doch einmal den Unsinn," versetzte der
Andere, indem er ihn hinwegführte, und jetzt
sagte Paul:

„Was soll nun das wieder vorstellen?"

„Geduld," erwiderte Kurt, „wir werden se=
hen," und dann erwarteten sie schweigend das
Weitere, bis nach einiger Zeit der Flachsblonde
mit einem Korbe erschien, in welchem sich Ge=
müse und Kartoffeln befanden, und diese Dinge
zu reinigen, und ohne Zweifel auf den nächsten
Tag zuzurichten begann.

Paul gesellte sich unaufgefordert zu ihm und
theilte seine Arbeit, was ersichtlich gut aufge=
nommen wurde, und nun sagte Kurt:

„Sie haben, wie es scheint, viele Arbeit."

„Leider Gottes," entgegnete jener seufzend.

„Wohnen Sie schon lange in dieser Einsam=
keit?" fragte Kurt nach einer Pause.

„Lieber Gott, ich merke wohl, daß Sie wissen

wollen, was hier oben eigentlich für eine tolle
Wirthschaft geführt wird," sagte jetzt der Flachs=
blonde, „und ich will es Ihnen erzählen. Der
Hofrath und ich, die Excellenz, sind zwei arme
unglückliche Schneider, welche Düsterhund und
Beller heißen."

„Wenn Sie wirklich diese hübschen Namen
führen," sagte Kurt ernsthaft, „würden Sie nicht
besser thun sich einzubilden, zwei Hunde zu sein,
anstatt so hochgestellte Persönlichkeiten?"

„War schon da," sagte Beller, „der selige
Priebel, im Grafen Czarogy! Man darf nicht
allzu häufig wiederholen."

„Ich verstehe Sie nicht vollkommen," ver=
setzte Paul, aber Beller fuhr fort:

„Das hat nichts auf sich. Muthmaßlich geht
es andern Leuten auch so, und um so verständ=
licher wird Ihnen das Folgende sein. Wenn ich
aber gesagt habe, daß wir zwei arme Schneider
seien, so muß das dahin abgeändert werden, daß
Düsterhund ein echter, aufrichtiger und concessio-
nirter Schneider war und Vermögen besaß, wäh=
rend ich blos ein Flickschneider bin.

Wissen Sie, was ein Flickschneider ist? Ein
Subject, welches Gott in seinem Zorn erschaffen
hat, ein Kerl, der Jahr aus Jahr ein nichts

weiter zu thun hat, als todte Lumpen für leben=
dige zusammen zu flicken, ein Wesen, welches,
wenn es einmal seine Menschenwürde fühlt, und,
bei verschlossenen Thüren eine Hose baut, oder
eine Weste, elendig dafür bezahlt wird, eben weil
der Flickschneiderfluch auf ihm ruht, und viel=
leicht noch obendrein von dem Concessionirten
verklagt wird.

Düsterhund war nobler. Er nannte mich
College und trank Schmollis mit mir, was aber
die Hauptsache war, er gab mir Arbeit, so daß
ich eigentlich par distance, oder über die Straße,
sein Geselle war, denn er hatte viel zu thun und
war ein berühmter Schneider. Da fuhr das
Ding in ihn, was die Moralisten „den Hoch=
muthsteufel" und die Mediciner „Größenwahn"
nennen. Zuerst stand auf seiner Tafel: Düster=
hund, Schneidermeister, dann Kleidermacher, end=
lich Kleidermagazin von C. F. Düsterhund, und
zuletzt nannte er sich „Fabrikant." Dabei trieb
er aber an öffentlichen Orten allerlei andere
Narrheiten, über welche man anfänglich lachte,
die aber endlich die Leute zu geniren begannen,
und als zuletzt die Sache zum vollständigen Aus=
-bruch gelangt war, brachten ihn seine Anver=

wandten, denn verheirathet war er nicht, in eine
Irrenanstalt.

Dort aber ging das Elend erst recht an. Er
hatte nämlich in kurzer Zeit, wie man zu sagen
pflegt, einen Narren gefressen in das Narren=
wesen selbst, das heißt, er bildete sich ein, ein
berühmter Irrenarzt zu sein, und bald darauf,
der Director der Anstalt selbst, und der berühm=
tester Doctor auf der ganzen Welt. Dabei be=
hauptete er, daß fast alle Menschen, oder we=
nigstens der überwiegende Theil derselben, ver=
rückt wären, was, zum Theil wenigstens, doch
auch übertrieben sein mag, obgleich es wohl nicht
das Dümmste war, was er in seinem armen
verbrannten Gehirn aussann. In der Anstalt
aber that es nicht mehr lange gut. Der größte
Theil seiner Collegen schlug sich natürlich auf
seine Seite, so daß der wirkliche Director ge=
wissermaßen einen Gegendirector bekam, wie es
früher unter den Päpsten und Kaisern Mode
war. Wenn ein wenig Sauerteig von einem
Narren ein ganzes landgroßes Backfaß närrisch
macht, und die Beweise liegen vor, ist es zu ver=
wundern, daß unter bereits schon stark angesäuer=
ten Subjecten, Völkern, Ländern eine starke

Dosis eine ganz blödsinnige Gährung hervor=
bringt? Auch die Beweise liegen vor.

Entschuldigen Sie!

Düsterhund aber betreffend, so kam derselbe
kaum mehr aus der Zwangsjacke, oder aus der
Tobzelle, und erweckte diese Art von Einzelhaft
nun das Mitleid seiner Anverwandten, oder war
ihnen als Erben die Sache zu kostspielig, genug,
sie beschlossen, den Vetter aus der Anstalt zu
nehmen, und jetzt mußte ich armer Teufel in
den sauern Apfel beißen. Aber ich biß, die Wahr=
heit zu sagen, nicht ungern, weil ich außer dem
erwähnten Sauern nichts Anderes mehr zu na=
gen und zu beißen hatte. Die Flickschneiderei hatte
ich aufgegeben, dafür ließ mich jetzt, da Düster=
hund mich nicht mehr beschäftigte, das höhere
Schneiderthum im Stich, und ich ging deshalb
auf den Vorschlag der Düsterhund'schen Sipp=
schaft ein, meinen alten Freund aus dem Irren=
hause abzuholen und hieher zu bringen, da der
Director behauptete, daß die reine Land= und
Gebirgsluft vortheilhaft auf ihn einwirken würde.

Freilich glaube ich, er sagte dies nur, um
seinen Gegendirector sich vom Halse zu schaffen,
ähnlich wie die andern Doctoren inkurable Kranke
in ein Bad schicken, damit sie ihnen wenigstens

nicht unter den Händen sterben, denn es geht
mit Düsterhund täglich schlimmer.

Als er indessen damals hörte, daß er aus
jener Anstalt abreisen und mit mir einen länd=
lichen Aufenthalt beziehen sollte, musterte er mich
einige Minuten schweigend mit durchdringenden
Blicken, und es schien eine merkwürdige Ver=
änderung mit ihm vorgegangen zu sein, welche
sowohl dem Director als auch mir sogleich auf=
fiel. Er fügte sich willig in alle Anordnungen,
welche bezüglich unserer Reise getroffen wurden,
als wir aber durch den Hof gingen, um in un=
seren Wagen zu steigen, schritt er mit freundlicher
Herablassung, dennoch aber mit der Würde eines
Fürsten durch die Reihen der zurückbleibenden
Kranken, welche in diesem erhabenen Augenblick
sich fast alle ihres Zustandes bewußt schienen,
und wehklagend von ihm Abschied nahmen.

„Wer wird uns jetzt herstellen, großer Mei=
ster, wenn Du von uns gehst?" riefen sie.

Er tröstete sie mit milden und freundlichen
Worten, wichtige Berufsgeschäfte machten es nö=
thig, sagte er, sie auf längere Zeit zu verlassen,
wenn aber sein College, der zurückbleibende Di=
rector, wie er hoffe und erwarte, seine Anord=
nungen befolgen würde, sei das Beste zu hoffen.

Dann schieden wir, auf der ganzen Reise war er scheinbar so verständig und ruhig, daß ich die schönsten Hoffnungen zu schöpfen begann, am Morgen aber nach unserer Ankunft sah ich freilich, daß ich mich arg getäuscht hatte, denn er eröffnete mir jetzt, daß ich ein mächtiger und einflußreicher Minister sei, der plötzlich von der fixen Idee befallen wäre, ein Schneider zu sein, und daß er, der berühmteste Irrenarzt, mit mir hieher gezogen wäre, um mich herzustellen, und nach dem Beispiele anderer Aerzte beabsichtige, überhaupt hier auf wohlthätiger Gebirgshöhe eine Anstalt für Schwach= und Blödsinnige, so= wie für complet Verrückte aufzuthun. Von die= sem Augenblick an nannte er mich Excellenz und stellte mir die Sache so wahrscheinlich vor, daß ich bisweilen fast zu zweifeln begann, ob ich nicht wirklich eine bedeutende Persönlichkeit sei."

Kurt gestand jetzt, daß er heute Morgen Zeuge einer ohne Zweifel hierauf bezüglichen Scene gewesen sei, und sagte dann:

„Wie ist es aber möglich, daß er nicht von seinem Wahn abkommt, wenn er Sie täglich kochen und die Hühner füttern sieht?"

„Ich koche nicht allein," versetzte Beller, „ich wasche auch, ich reinige das Geschirr, fege die

Stuben, bessere die Wäsche, flicke die Kleider
und hole wöchentlich zweimal eine Viertelstunde
von hier im Walde den Proviant, den ein Bote
aus dem Städtchen dort niedersetzt, unser Haus
aber nicht mehr betritt, da Düsterhund ihn ge=
waltsam in Behandlung nehmen wollte, so oft
er sich blicken ließ. Das ist aber Alles noch
nichts gegen die Geschichte mit der Uniform, in
welcher Sie mich heute Morgen Komödie spielen
sahen.

Ich bemerkte vor einiger Zeit, daß er heim=
lich zu schneidern begann, und ließ ihn natürlich
gewähren, da ich darin ein Zeichen der Besserung
erblickte. Eines schönen Tages aber überreichte
er mir jenes abenteuerliche Kleidungsstück mit
der Erklärung, daß dasselbe aus der Residenz ge=
schickt worden sei, und daß ich täglich nun schon
einige Stunden in demselben promeniren dürfe,
da meine Besserung bedeutend fortgeschritten sei.

Es kam mir eine Idee, ich wollte ihm auf
den Zahn fühlen.

Herr Hofrath, sagte ich, der Schneider, der
dieses Kleid gemacht hat, ist ein Pfuscher. Sehen
Sie, hier sitzt es schlecht.

Er runzelte anfänglich die Stirn und ward
roth, dann aber sagte er:

„Sie haben recht. Der Kerl ist ein Esel, ich werde es ändern lassen."

Er besserte den Fehler, brachte mir am andern Morgen den verwünschten Rock wieder, und da derselbe jetzt wirklich tadellos saß, so muß ich jetzt täglich buchstäblich seinen Narren machen."

„Aber warum thun Sie das?" sagte Kurt.

„Weil er stärker ist als ich, zu toben anfängt und mich mißhandelt, wenn ich nicht täglich zur bestimmten Zeit diese einfältige Komödie mit ihm durchspiele. Ich habe versucht, mich einmal als in seinem Sinne vollkommen gebessert zu stellen, aber er wollte jetzt sofort mit mir abreisen, so daß das einzige Mittel, ihn hier zu halten ist, daß ich stets wieder ein wenig rückfällig werde, und täglich irgend eine andere unsinnige Bedingung für meine Rückkehr in die angebliche Residenz stelle, von welcher weder er noch ich weiß, wo sie sich befindet.

Glauben Sie aber ja nicht, daß er sich nicht bewußt ist, jene Uniform selbst verfertigt zu haben, und ich bin eben so überzeugt, daß er innerlich recht gut weiß, daß ich Beller, der Flickschneider, bin. Aber jeder trägt Mensch ein Stück Narrheit in sich. Bei denen, die noch draußen herumlaufen, und welche man die Vernünftigen nennt, steckt die Verrücktheit nur tiefer, bei dem armen Düsterhund aber und seinen Geistesverwandten hat sich die gesunde Vernunft in's Innere verkrochen, und die Tollheit ist zum Vorschein gekommen und macht sich breit. Was ist aber überhaupt Einbildung? Bilden sich spielende Kinder nicht auch wirklich ein, im Augenblicke des Spieles das zu sein, was sie eben vorstellen wollen, Soldaten, Kutscher, Pferde, Räuber und andere Persönlichkeiten, während sie dennoch innerlich recht gut wissen, daß sie das Karlchen, das Fritzchen oder Peterchen sind? Sind diese Knaben nicht auch verrückt zu nennen, und geht es ihnen nicht gerade so wie meinem Düsterhunde, bei dem der concessionirte Schneidermeister zuverlässig auch noch in irgend einem Winkel seines Gehirns steckt, und sich des Hofrathes wegen nur nicht heraus traut? Wenn der edle Menschenfreund, welcher uns diese seine Besitzung zur Benützung überlassen hat, bisweilen auf einige Stunden, oder einen Tag hieherkömmt, so giebt es Düsterhund stets klein bei, er behauptet jenem gegenüber nicht wie sonst, daß dieses Anwesen sein gehöre, sondern gesteht das Eigenthumsrecht des Grafen willig zu.“

„Welches Grafen?“ fragte Kurt.

„Des Grafen Wildenfels," versetzte Beller.
„Er hat uns die Erlaubniß gegeben, hier zu
wohnen, und da er bisweilen hieherkömmt,
um im Walde, der sein Eigenthum ist, ein wenig
nachzusehen, so zankte ich heute mit Düsterhund,
der Sie ohne Weiteres in des Grafen Zimmer
führte."

„Gottes Donner," brummte Kurt halblaut.
Beller aber schien das nicht gehört zu haben,
sondern sagte mit aufrichtigem Bedauern, wie er
fürchte, daß es mit seinem unglücklichen Freunde
bald zu Ende gehen werde. Gegen Abend werde
er seit einiger Zeit stets schwach, hinfällig und
fast stumpfsinnig, und das seien, wie er wohl
wisse, bei Kranken seiner Art, rasch sich stei=
gernde Anzeichen des baldigen Todes.

„Ist es unbescheiden, wenn ich frage," sagte
Kurt, „was Sie alsbann beginnen werden?"

„Junger Herr," erwiderte Beller, „da ich
an Ihrem ganzen Wesen sehe, daß Sie einen
armen Teufel wie mich nicht verrathen werden,
so will ich Ihnen sagen, was ich nach Düster=
hund's Tode beginnen werde. Ich werde sein
moralischer Erbe."

„Wie?" rief Kurt, „Sie wollten — —"

„Ja," sagte Beller, „ich will, positiv und

wahrhaftig, denn ich sehe, daß Sie mich ver=
standen haben. So bald Düsterhund gestorben
sein wird, trete ich in seine Fußtapfen, und da
ich das Ministerwesen hinlänglich los habe, so
bleibe ich höchst wahrscheinlich bei demselben ste=
hen. Man muß nicht immer mit den Geschäf=
ten wechseln, und es ist genug, daß ich die Flick=
schneiderei ein= für allemal aufgegeben habe, ja
es wäre eine Schande für mich, wenn ich durch
die Praxis bei Düsterhund nicht so viel gelernt
hätte, um mich für die Folge anständig durch=
bringen zu' können. Ich will ihnen unten in
der Stadt so schöne Sachen machen, daß sie
mich keine acht Tage frei herumlaufen lassen,
und ich habe mir in meinen einsamen Muße=
stunden so perfekte Simpelhaftigkeiten ausgeson=
nen, daß die ganze Welt ihre Freude daran ha=
ben soll."

„Es ist aber doch ein gräßlicher Gedanke,
fortwährend unter solchen armen Gestörten zu
leben," sagte Kurt, „denn ich vermuthe, daß Sie
sich in eine solche Anstalt wollen bringen lassen."

„Auf Ehre," erwiderte Beller, „das beabsich=
sichtige ich, und ich garantire Ihnen, daß ich's
durchsetze. Ich komme zwar wegen Mangel an
Vermögen in die dritte Klasse, aber die ist mir

gut genug, und ich habe dabei noch die Satis=
faction, daß ich der Gescheidteste im ganzen Hause
bin, weil ich den Director und die Assistenzärzte
ja selbst zum Narren habe, und über den Löffel
barbiere. Die dürfen lange warten, bis ich stumpf=
sinnig werde."

Kurt wünschte ihm lachend Glück und sagte,
während er aufstand, um sich auf seine Stube zu
begeben, daß er morgen bei Zeiten weiter reisen
werde.

„Vor acht Uhr des Morgens," sagte Beller,
„haben Sie von Düsterhund nichts zu befürchten,
dann aber steht er auf, neu gestärkt zu seinem
unglücklichen Tagewerk, und ich muß ihm mor=
gen ganz besondere Besserungspossen vormachen,
um ihn über die Flucht seiner zwei neuen Pa=
tienten zu trösten."

Kurt hatte seine eigenen Gedanken, als er
sich oben im Absteigequartier des Grafen befand,
welchen zu fliehen er sein väterliches Haus ver=
lassen hatte, und als er eine Seitenthür öffnete, trat
er in ein zierlich ausgestattetes Gemach, welches
offenbar bestimmt war, eine Dame zu beherbergen.

„Ah," sagte er zu sich selbst, „es wird stets
reizender. Hier haben wir ganz zuverlässig das
Schlafkämmerchen dieser energischen Katharina,

und es wundert mich, daß sie es nicht mit Reit=
stiefeln und =Gerten, oder mit Pistolen und De=
gen ausgeschmückt hat."

Ziemlich früh am andern Morgen nahm er
Abschied von Beller, der sich tief verbeugend
sagte:

„Wenn wir viele solche Gäste hier oben hät=
ten, wäre es mir nicht bange, meiner Spar=
pfenninge halber in die zweite Klasse zu kom=
men." —

Wir treffen unsern jungen Freund etwa acht
Tage später wieder in einer kleinen Stube ste=
hend, und mit trüber Miene durch die trüben
Scheiben in noch trüberes Wetter hinausblickend,
und obgleich es wohl noch eine Stunde Zeit bis
zum Sonnenuntergange hatte, so war doch schon
fast vollständige Dämmerung eingetreten.

Ein dichter Nebel, die Folge eines zweitägi=
gen Regens, hatte sich über das Dorf gelagert,
in welchem unsere beiden Abenteurer sich zeit=
weilig niedergelassen, und das einzige, was eigent=
lich draußen sichtbar war, waren große graue
Felsblöcke, mit welchen der ziehende Nebel Kurz=
weil zu treiben schien, sie bald verschwinden,
bald wieder erscheinen ließ und ihnen allerlei
sonderbare, phantastische Formen verlieh.

Als Kurt in das Dorf eingezogen war und
vom Fenster der Schenke aus sich die Gegend
ansah, bot sie freilich einen freundlichen Anblick.
Er war fast den ganzen Tag durch eine jener
Miniatur=Schweizen gewandert, welche nicht allzu
selten in Deutschland gefunden werden, und die
zu jener Zeit noch hie und da einen stillen, be=
schaulichen Winkel boten, während jetzt seit De=
cennien, der Speculationsgeist sie ausbeutet,
dünnwandige Hôtels in ihnen errichtet hat, sie
durch Kaltwasser= und Luftbäderanstalten unsicher
macht, Kaffeeparthien mit Hünengräberausgra=
bungen veranstaltet und, je nach Umständen, Geld
erwirbt oder Bankerot macht.

Noch heute aber, hat man diesen Schwindel
hinter sich, findet man dort wie jenesmal Thä=
ler, welche meist enggeschnitten und mit pitto=
resken und phantastischen Felsengruppen ge=
schmückt sind. Dann fließt ein kleiner Bach
durch diese Thäler, der unvermeidlich Forellen
führt und von Zeit zu Zeit eine bescheidene,
flachgedeckte und grünbemooste Mühle treibt, und
bisweilen treffen wir selbst auch eine kleine Ort=
schaft, deren Häuser sich den steilen Thalwänden
anschmiegen, oder selbst ähnlich den Schwalben=
nestern an die Felswände angeklebt sind. Daß

hie und da eine kleine Kapelle auf der Höhe
dieser Thalwände nicht fehlt, und ebenso eine
Burgruine, (sprich nach gegenwärtigem Sprach=
gebrauch: Raubritterschloß,) versteht sich von
selbst.

Einigermaßen größere Dörfer aber werden
meist auf der ganzen oder halben Höhe des Ge=
birges getroffen, und dort ist das Feld selbst=
verständlich des Waldes Herr geworden, be=
haupten gleichwohl noch die Felsen ihr Recht,
und erheben kühn ihre Häupter, mitten im Reiche
der Ceres oder der Pomona.

Das Dorf, in welchem Kurt und sein Paul
Herberge gefunden, war ein solches, und wäh=
rend Fruchtfelder und Obstgärten dasselbe um=
schlossen, stieg im Hintergrunde der Wald em=
por, und zwischen demselben thürmten sich Felsen.
Nach der entgegengesetzten Seite hin aber dehnte
sich eine mäßig große Ebene mit Fruchtfeldern,
einzelnen Gehöften und Dörfern, und durchschnit=
ten von einem kleinen Flusse, der eben jetzt die
Strahlen der bald scheidenden Sonne auffing
und bald röthlich, bald silberhell schimmerte.

„Wir bleiben einige Tage hier," hatte Kurt
zu Paul gesagt, als er von seiner Stube Besitz
ergriffen hatte, „jedenfalls morgen und wahr=

scheinlich auch noch übermorgen. Ich werde
Parthien in die Berge machen, vielleicht auch
hinunter in die reizende Ebene, und ich denke hier
sicher zu sein, nicht auf das zu stoßen, was mich
bis jetzt allenthalben vertrieben hat."

„Nein," versetzte Paul, „wenn das Glück gut
ist, stoßen wir nicht darauf, passirt's uns aber
doch, so lassen der Herr Kurt nur m i ch sorgen."
Er machte eine Bewegung mit der geballten
Faust, welche nicht zu mißdeuten war.

„Weißt denn Du was ich meine?" fragte
Kurt lächelnd.

„Nichts weiß ich," sagte Paul, „viel Gescheidtes wird's aber wohl nicht sein."

Er schwatzte eine Zeit lang in dem gleichen
Tone fort, am nächsten Morgen aber sendete ihn
Kurt, mit einem Schreiben an einen Freund, in
die mehrere Stunden entfernte Stadt, und bat
diesen, einen Brief an seine Mutter zu besorgen,
welchen er beigelegt hatte, in der doppelten Absicht, diese vorläufig zu beruhigen, auf der andern Seite aber, sie über die Richtung irre zu
führen, welche er eingeschlagen hatte.

Aber Paul war zurückgekehrt mit der Zusage jenes Freundes, Alles auf das Beste besorgen zu wollen, und es war bereits eine Woche vergangen, ohne

daß Kurt irgendwie von der Abreise gesprochen hätte. Je mehr sich der Diener zu langweilen begann, desto besser schien sich der Herr zu unterhalten, und muthmaßlich waren es die täglichen Ausflüge in den Wald, welche dem jungen Mann also zusagten, denn es war kaum anzunehmen, daß die abendlichen Unterhaltungen mit dem Pfarrer und dem Förster, welche beide schon bejahrte Leute, so viel Anziehendes für ihn gehabt haben sollten.

Den Beiden war das auch ziemlich einleuchtend, und eben an jenem nebligen Regentage tauschten sie ihre Meinung darüber aus.

„Nehmen Sie mir nicht übel," sagte der Förster, „aber wegen uns bleibt der junge Herr nicht hier, obgleich es ihm des Abends in unserer Gesellschaft recht gut zu gefallen scheint. Auch das Spazierengehen hält ihn nicht. Deshalb braucht man nicht eigends hieher zu reisen, das kann man allenthalben thun. Auch ist's kein Landläufer, Lump oder Dieb, denn er hat Geld und zahlt täglich seine und seines Dieners Zeche."

„Das beweist eigentlich nichts," sagte der Pfarrer lächelnd, „aber ich glaube ebenfalls nichts weniger als das."

„Also," fuhr der Förster fort, „also hat's einen andern Haken, denn irgendwo happert's. Schmid heißt er auch nicht, obgleich er sich so nennt, denn ich heiße selbst so, und, wenngleich noch viele tausend andere Schmide im lieben Deutschland herumlaufen, so reißt's mich doch jedesmal, wenn Einer hinter mir meinen Namen ruft. Den nicht, ich habe es probirt. Ich denke, er hat im Duell irgend ein Unheil an= gerichtet, und' ist durch die Lappen gegangen. Die Grenze ist nicht weit, und bekommt er schlimme Briefe, so kann er sich leicht salviren."

Dieses Gespräch wurde im sogenannten Ho= noratiorenzimmer des ländlichen Gasthofes ge= führt, einem kleinen, schmalen Winkel mit einem einzigen Fenster, welcher indessen überflüssig aus= reichte für die gewöhnlichen Gäste. Es wurde aber jetzt, ehe der Pfarrer seine Meinung äußern konnte, unterbrochen durch das Erscheinen Kurt's, welcher freundlich grüßend eintrat, und wie ein alter Bekannter bei den Anwesenden Platz nahm. Die Jugend hat das Vorrecht, rasch Bekannt= schaft, ja Freundschaft zu erwerben, während das Alter die Verpflichtung hat, gewonnene Freund= schaft sorgfältig zu hegen.

Als der Förster jetzt sein Bedauern äußerte,

daß Kurt seinen gewohnten Spaziergang heute, des schlechten Wetter wegen, nicht habe unternehmen können, ging dieser leicht darüber hinweg, sagte hingegen mit Lebhaftigkeit:

„Sagen Sie mir, ist es wohl gegründet, was der Bursche, welcher mich begleitet, mir heute sagte, daß sich nämlich Zigeuner hier herum in der Gegend aufhalten sollen?"

Der Förster stieß einen halblauten Fluch aus.

„Das fehlte noch," sagte er dann mit gerunzelter Stirn, „daß dieses verwünschte Gesindel auch wieder auftaucht."

„So schlimm sind sie nicht," versetzte der Pfarrer. „Mancherlei Eigenthümlichkeiten haben sie freilich, Sonderbarkeiten, die doppelt auffällig erscheinen, weil sie uns neu sind, und vollkommen von unseren Gewohnheiten abweichen, aber man muß stets bedenken, daß ihr Thun und Treiben mit einem andern Maßstabe gemessen werden muß als das unsere."

„Die ganze Sonderbarkeit dieser Gauner besteht darin," sagte der Förster, „daß sie die ungeheuersten Tagediebe sind und noch mehr stehlen und rauben, als unsere eingeborenen Spitzbuben, und das ist dasjenige, was uns neu erscheint, und gewissermaßen von dem abweicht, was wir

gewohnt sind. Sind aber wirklich solche liebe
Zigeuner in der Gegend, so will ich bald genug
mit den Landjägern hinter ihnen her sein. Ich
habe ohnedem genug Holzdiebe in meinem Walde
aus der Nachbarschaft, und brauche keine ein=
gewanderten, ganz abgesehen von den häufigen
Waldbränden, welche durch dieses Gesindel ent=
stehen."

„Wenn das bisweilen vorgekommen sein mag,"
sagte der Pfarrer, „so ist es gewiß nicht absicht=
lich geschehen."

„Das fehlte noch," rief der Förster, „daß sie
den Wald zum Vergnügen anzündeten. Aber
wenn der Herr Pfarrer und ich in irgend etwas
eine ganz verschiedene Meinung haben, so ist es
wegen dieser großen Spitzbuben, der Zigeuner,
und wegen der allergrößten, welche es überhaupt
auf der Welt giebt, wegen der Wilddiebe."

Kurt sagte:

„Da stehe ich zwischen den beiden Herren in
der Mitte. Die Zigeuner gefallen mir aus=
nehmend wohl, bezüglich der Wilderer aber bin
ich ganz des Herrn Försters Ansicht."

„Das habe ich Ihnen, Herr Schmid, oder
wie, auf den ersten Blick angesehen," sagte der
Förster vergnügt, „daß Sie in diesem Stücke zu

mir halten, die Zigeunerliebhaberei gewöhnen
Sie sich später auch noch ab, denken Sie an mich.
Weil wir aber gerade im Spitzbubenkapitel sind,
wissen Sie, Herr Pfarrer, daß der Vatermörder,
der Nordmann, vorige Woche gestorben ist?"

„Der arme Unglückliche," versetzte der Pfarrer,
„aber einen Vatermörder darf man ihn denn
doch nicht nennen."

„Na," sagte der Förster, „er hat aber seinen
Vater todt geschossen. Ich denke, das bleibt sich
gleich. Weil's aber eine Geschichte ist, in welcher
zwei Menschen erschossen wurden, und nicht „eines
armseligen Hasen wegen," wie der Herr Pfarrer
zu sagen pflegt, so will ich sie, wenn es erlaubt
ist, dem jungen Herrn mit zwei Worten er=
zählen. *)

Es mögen an die dreißig Jahre her sein, als ich,
ein junger Bursche noch, Gehülfe war unten in
Franken, im fürstlichen Leibgehege. Mit Wil=
derern hatten wir wenig zu schaffen, ging's gleich
weiter unten, mainabwärts, und besonders im
Spessart, nicht selten hart her. Aber bei uns
stellten sie vorzugsweise meist Schlingen, und

*) Das Factum ist vollständig wahr, und ereignete sich
am Anfange dieses Jahrhunderts in Franken.

holte sich auch bisweilen einer einen Hasen, so
hielt er doch kaum Stand, wenn ihm ein Grün=
rock auf die Fährte kam.

Desto größeres Aufsehen machte es, als man
eines Tages den Forstgehülfen unseres Nachbar=
reviers erschossen im Walde fand, und das zwar
in einem kaum vierzig Tagwerke großen Feld=
gehölze, und keine zehn Schritte von der Land=
straße. Der junge Mann hieß Diller, war gut=
müthiger Natur und Bräutigam mit einer ver=
mögenden Bauertochter, und man sprach davon,
daß er die Jägerei aufgeben und ein vornehmer
Bauer, oder ein Oekonom werden wolle.

Jetzt lag er draußen, starr und steif, und
man wußte nichts weiter, als daß der Schuß in
nächster Nähe abgefeuert worden sein mußte,
denn seine Kleider waren verbrannt und die
Schrote waren, wie eine Kugel, mitten durch das
Herz, und beim Rücken wieder herausgefahren.

Freilich munkelte man allerlei, und verschie=
dene Bauern, von welchen man wußte, daß sie
sich manchmal einen Sonntagsbraten erschnapp=
ten, wurden eingezogen. Es stellte sich aber
bald heraus, daß sie alle unschuldig waren, die
Untersuchung wurde endlich aufgegeben, man
sprach noch eine Zeit lang von dem armen Dil=

ler und endlich vergaß man ihn, wie tausend andere Dinge.

Da entstand vor etwa fünf Jahren unten in dem Dorfe, in dessen Markung er erschossen worden war, plötzlich ein Heidenlärm. Jener Nordmann, ein Bursche von zwanzig und etlichen Jahren, hatte des Nachts im Felde seinen Vater erschossen, oder wenigstens so zugerichtet, daß er einige Tage später starb, und er klagte sich auch selbst der That an, die freilich nicht mit Wil= len geschehen war, aber doch vom Wilddieben herkam.

Es war nämlich so zugegangen. Seit Jahren schon hatte der junge Nordmann gewildert, und ich glaube, er wußte es so schlau zu treiben, daß die Jäger nicht den mindesten Verdacht auf ihn hatten. Sein Vater freilich redete ihm stets ab, bald mit rauhen, bald mit guten Worten, wie es eben kommt. Als er aber an jenem verhäng= nißvollen Abend bemerkte, daß der Sohn sein Gewehr aus seinem Verstecke hervorholte und sich zum Fortgehen anschickte, beschwor er ihn mit so eindringlichen Worten, das gefährliche Handwerk aufzugeben, daß dieser versprach ihm zu gehorchen und nimmer heimlich zu jagen. Nur heute noch einmal. Zum letzten Male.

Ein Bock stand unten in einem nicht weit ent=
fernten Holze, und zog des Abends heraus auf's
Feld. Er hatte ihn seit längerer Zeit beobachtet,
seinen Wechsel ausgespürt, und heute war die
günstigste Gelegenheit, seiner habhaft zu werden.
Der Förster war in die Stadt gegangen, und der
Gehülfe saß in der Schenke bei den Karten.
Hatte er diesen letzten Schuß gethan, so wollte
er morgen seinen Vater die Flinte geben, und
nimmermehr jagen. Das schwur er dem Alten
hoch und theuer, und dieser ließ ihn endlich,
wenngleich wiederstrebend, ziehen.

Dem alten Nordmann ließ es nicht Ruhe,
nicht Rast. Es war ihm, als müsse ein unge=
heuerliches Unglück geschehen, dabei kamen ihm
alte Geschichten in den Sinn, die ihm wohl
öfter durch den Kopf fuhren als ihm lieb war.
Und weil ihn die Angst nicht mehr im Hause
litt, machte er sich auf und ging dem Sohne
nach, da er den Platz genau wußte, auf welchen
sich jener angestellt, und als er in dessen Nähe
gekommen war, warf er sich auf die Erde, und
kroch auf Händen und Füßen durch den bereits
manneshoch stehenden Roggen leise näher heran,
um jenem die Jagd nicht zu verderben und
dennoch in der Nähe seines Lieblings zu sein.

Der aber hörte das schwache Knistern, und weil
er vergeblich auf das Reh gewartet, welches aus
dem Holze ziehen sollte, so glaubte er nun, daß
dieses bereits vorher im Felde gestanden, wendet
sich leise, und als er des dunklen Körpers im
Roggenfelde ansichtig wird, giebt er Feuer und
trifft seinen Vater.

Beide sagten das gleichlautend aus, aber der
Alte, ehe er nach drei Tagen zu sterben kam,
sagte noch mehr, und da kam abermals ein Fa=
den an die Sonnen, der schon vor Jahren und
blutigroth gesponnen war.

Nun, natürlich haben Sie schon errathen,
daß der alte Nordmann jenen Diller erschossen
hat, wie es aber also gekommen, will ich Ihnen
erzählen. So eine Art gelehrter Bauer und ab=
sonderlicher Mensch war der Nordmann stets
gewesen. Er schluckte die Zeitung mehr, als es
jenesmal noch unter den Bauern gebräuchlich,
las noch andere Bücher und ging nur selten in's
Wirthshaus, und eben so wenig in die Kirche,
und wenn das erste die Bauern verdroß, so
ärgerte das zweite den Pfarrer. Keine Men=
schenseele aber, mit Ausnahme einer, wußte, daß
er heimlich jagen ging. Diese eine aber war
die Braut des Diller, die, ehe sie mit diesem
13*

zusammenkam, mit dem Nordmann plauderte,
wie man dort in der Gegend zu sagen pflegt,
wenn ein Paar miteinander liebelt. Daß die
beiden Mannsleute keine guten Freunde waren,
läßt sich denken, sie thaten aber nicht dergleichen,
als aber des Diller's Braut diesem von den
krummen Wegen des Nordmann erzählte, be=
schloß er ihm aufzupassen.

Er behielt aber auch das für sich, denn wenn
man Wilddiebe fangen will, braucht das kein
Anderer zu wissen, selbst der Prinzipal nicht, und
das schon deshalb, damit man eine Hinterthüre
hat, wenn's krumm geht, oder wenn ein Unglück
geschieht.

An einem Abend aber standen sich plötzlich
Beide im Holze gegenüber und alle zwei mit nur
einläufigen Flinten, da die Doppelgewehre zu
jener Zeit noch wenig in der Mode. Der Dil=
ler aber war flinker und hatte sein Gewehr
schon im Anschlage, während Nordmann das
seinige eben heben wollte, da aber in solchen
Lagen ein jeder weiß, was geschieht, wenn er
das thut, während der Andere schon fertig ist,
so rührte er sich vorläufig nicht.

Die feinsten Worte wird da freilich der
Diller dem Nordmann nicht gegeben haben, denn

er war eifersüchtig, weil jener vorher Hahn im
Korbe, endlich aber rief er ihm zu:

„Wirf das Gewehr weg, oder es wird nicht
gut!"

Der aber war nicht gesonnen sich zu ergeben,
sondern fuhr mit seiner Flinte an die Backe, und
im gleichen Augenblicke drückte Diller, um jenem
zuvorzukommen, aber das Gewehr versagte, und
jetzt schoß Nordmann nicht, sondern stürzte sich
mit dem Sprunge eines Tigers auf seinen
Feind, und warf den Ueberraschten und Erschro-
ckenen zu Boden.

Das Schlimmewortegeben war jetzt an dem,
der oben auf war, und er gab sie reichlich,
da die eifersüchtige Wuth jetzt doppelt in ihm
erwachte. Dann sagte er:

„Jetzt mache Reu' und Leid, Du Hund, denn
Du mußt sterben!"

Die Mündung der Flinte stand auf Diller's
Brust, er konnte sich nicht rühren und regen,
und so gab er gute Worte und schwur, daß er
schweigen wolle, und Alles solle vergessen und
vergeben sein. An den Augen aber und den
verzerrten Zügen des Nordmann sah er jetzt
freilich, daß es aus mit ihm war, und daß ihm
jener keinen Pardon gäbe.

Da kam's über ihn, wie es bisweilen in höchster Todesnoth oder im Sterbestünblein über die Menschen kommt, mit toller und ganz besonderer Rede, fast so wie jedes Thier seinen eigenen Todesschrei hat, der sonst nie von ihm gehört wird, und er sagte:

„So wie ich jetzt sterben muß von der Hand meines grimmigsten Feindes, sollst Du sterben von der Hand Deines Liebsten auf Erden!"

Und dann drückte der Nordmann, und das Weitere wissen Sie."

Der Förster brannte sich jetzt, scheinbar gleichgiltig, seine Pfeife wieder an, und nach einer kleinen Pause sagte Kurt:

„Und wie wurde es mit dem jungen Nordmann?"

„Nun," versetzte der Förster, „die Herren am grünen Tisch in der Stadt, die sonst gleich bei der Hand sind mit fahrlässiger Tödtung, unerlaubter Selbsthülfe, Ueberschreitung der Amtsbefugniß oder der Nothwehr, und anderen dergleichen Beneficien für die Spitzbuben, wenn es gilt, einen armen Jägersmann zu brangsaliren, waren, wie ich glaube, ein wenig in Verlegenheit, was sie mit ihm anfangen sollten. Da that er ihnen die Gefälligkeit und schnappte über, und vor einigen Tagen nun ist er im Irrenhaus gestorben."

„Der arme Unglückliche hat seine Jagdlust schwer gebüßt," sagte der Pfarrer, „und immerhin sind unsere Jagdgesetze großentheils an diesem und anderem Unheil schuld."

„Dem Bauer gehört keine Flinte," sagte der Förster offenbar höchlich aufgeregt, „und wenn wir das berühmte Jagdgesetz bekommen, von welchem man munkelt, so werden eben die Wilddiebe priviligirt, und mögen sich nachher unter einander bestehlen und todtschießen."

Da Kurt eine noch stärkere Mißstimmung befürchtete, so bemächtigte er sich des Gesprächs, welches in der That bald wieder eine versöhnlichere Richtung bekam, und jetzt sagte der Pfarrer:

„Wir sind, dieses unglücklichen Nordmann's wegen, gar nicht dazu gekommen, Ihre Frage der Zigeuner wegen zu beantworten, aber ich glaube nicht, daß Sie das Vergnügen haben werden, mit diesem eigenthümlichen Menschenschlage hier bei uns in nähere Berührung zu kommen. Drüben, über der Grenze, im kleineren Herzogthum, trifft man verhältnißmäßig noch häufiger welche, bei uns aber sind sie nicht gut angesehen, und werden nicht lange geduldet."

„Es giebt nichts Sonderbareres, nichts Unbegreiflicheres als diese Zigeuner," sagte Kurt. „Jahre lang hört man kaum etwas von ihnen, man glaubt sie verschwunden, untergegangen im Strome der Cultur, die Europa überfluthet, und bald Alles unter Bildungswasser gesetzt haben wird. Da hört man plötzlich, daß im nächsten Walde, oder vor den Thoren dieser oder jener Stadt, sich eine Horde gelagert hat, mit Roß und Wagen, Hunden und Kindern, ja selbst mit dem romantischen Zigeunerhauptmann und der hexenartigen Ureltermutter. Wie geht das zu? Wo kommen sie her, wo ziehen sie hin? Man sagte mir, daß die einzelnen, zu einer solchen Bande gehörigen Familienväter regelrechte Trauscheine besitzen, und ebenso vollkommen giltige Pässe. Welche Umständlichkeiten haben bei uns selbst bemittelte Leute durchzukämpfen, bis sie sich ansässig machen, sich verheirathen dürfen, und wie genau wird nicht zu Zeiten der schon ansässige Mann aufgenommen, beschrieben, unterschrieben und besiegelt, bis er einen Paß bekommt. Wie kommen also diese Heimathlosen zu diesen schwer zu erlangenden Dingen?"

Der Pfarrer versetzte lächelnd:

„Sie stellen, lieber junger Herr, mit ein paar
Worten Fragen, deren Beantwortung theils nicht
wohl möglich ist, auf der andern Seite aber
wieder mehrere Bände füllen würde. Einige
kurze Andeutungen mögen aber folgende sein.
Eine Art von Heimath, ich kann mich kaum an=
ders ausdrücken, haben viele Zigeuner in der
Moldau und der Walachei, wo man sie Cigani
nennt, und auch an einigen Orten im Norden
Deutschlands sollen, früher wenigstens, Zigeuner=
börfer bestanden haben. Ursprünglich mögen
ihnen dort die Reisepässe ausgestellt worden sein,
mit welchen sie andere Länder durchziehen, ich
glaube aber, die Behörden vieler solcher Länder
nehmen es nicht so genau mit dergleichen Pässen,
und stellen auf den Grund der alten wohl auch
neue aus, vorzugsweise wohl deshalb, weil man
nach Belieben den Zigeuner sammt seinem Passe
wieder über die Grenze jagen kann, und weil
ohnedem der Wandertrieb, den dieses Volk be=
sitzt, es nicht lange an derselben Stelle beläßt.“

„Ja,“ fiel der Förster ein, „und die drüben
mögen dann sehen, wie sie mit ihnen fertig wer=
den. Ich weiß übrigens sicher, daß ein solcher
Paß nach Belieben für ein Dutzend dieses Ge=

sindels benutzt wird, einmal weil, wie der Herr
Pfarrer sagt, man es nicht so genau mit dem=
selben nimmt, und dann weil einer dieser Strolche
aussieht wie der andere. Mit dem Trauschein
geht es nicht viel besser. Sie heirathen nach
heidnischer Manier, aber macht es Jemand Ver=
gnügen, so lassen sie sich nachher auch christlich
trauen, und trennt sich später der Zigeuner von
seiner Frau, so schlüpft die neue, die er sich
nimmt, in den Trauschein der alten. Weist er
dann vor Gericht nur seine Zigeunermadam auf,
so kümmert sich Niemand darum, ob es die alte
oder eine andere ist, und das Dutzend Kinder,
welches jeder mit sich führt, nebst dessen Zu=
und Abgang, kann ohnedies kein Mensch con=
troliren.''

„Ich fürchte,'' sagte der Pfarrer, „daß man=
cherlei von dem richtig ist, was Sie so eben sag=
ten. Wie aber, oder besser wann, dieses Volk
zuerst in Europa erschien, kann kaum mit Sicher=
heit nachgewiesen werden. Man sagt, daß zu
Tamerlan's Zeiten, 1399, sich Zigeuner, jenes=
mal Tschingans genannt, vertrieben von jenem
Eroberer im westlichen Asien, im nördlichen
Afrika und später im mittäglichen Europa ver=
breitet hätten, aber schon in Chroniken vom Jahre

1250 wird in Ungarn eines Volksstammes er=
wähnt, der Cingari benannt wird. Was nun
ihre Sprache betrifft, so hat dieselbe so viele
Aehnlichkeit mit verschiedenen indischen Sprachen,
daß man fast an eine Abstammung aus jenen
Ländern glauben möchte. Mit Sicherheit nach=
gewiesen aber ist ihre Ankunft in Europa im
Jahre 1417, in welchem sie, von Ungarn aus,
in Deutschland eindrangen, und wo sie sich nicht
zum besten aufführten, und ihren Weg mit Raub
und Mord bezeichneten. Im Jahre 1418 er=
schienen sie, unter Anführung eines Mannes,
welcher sich Michel, Herzog von Egypten nannte,
etwa vierzehntausend Köpfe stark vor Zürich, und
1422 lagerte sich ein anderer Herzog vor Bo=
logna. In der Nähe von Paris wurden die
ersten Zigeuner 1427 gesehen.

Von jener Zeit aus verbreiteten sie sich über
ganz Europa, und erschienen in größeren oder
kleineren Horden bald da, bald dort. Hat ihre
Anzahl abgenommen? Ich weiß es nicht, doch
schätzt man dieselbe für Europa ungefähr 600,000
Köpfe, die einzelnen Banden aber bestehen gegen=
wärtig höchstens aus einigen hundert Menschen."

„Muthmaßlich haben sie nicht abgenommen,"
sagte der Förster. „Sie sind wie alles Unge=

ziefer, wie das Raubzeug draußen auf dem Felde,
und die Ratten und Mäuse in Haus und Hof,
welche auch nicht zu vertilgen sind, man mag
machen was man will. Man hat diese spitz=
bübischen Landstreicher fast in allen Ländern
Europas zu gewissen Zeiten auszurotten gesucht,
sie buchstäblich für vogelfrei erklärt, und mit
Feuer und Schwert verfolgt; aber es half nichts.
Die strengen Maßregeln schliefen nach und nach
wieder ein, die Zigeuner aber blieben wie vorher."

Der Pfarrer bemerkte, daß Güte und zweck=
mäßige Leitung besser am Orte gewesen wären,
und nachdem man sich noch eine Weile in diesem
Sinne unterhalten hatte, trennte man sich end=
lich, indem Jeder seine eigene Ansicht mehr ge=
kräftigt hatte, und ohne von der des Andern nur
ein Jota angenommen zu haben.

Als Kurt die dunkle Treppe erstiegen hatte,
und in seine Stube trat, fand er zu seinem Ver=
gnügen dort einen alten Freund, der sich so breit
gemacht hatte, als es eben ging, und den er auf
das freundlichste begrüßte.

Es war der Mond, welcher, wie er wohl
schon tausendmal vorher gethan hatte, neugierig
zum Fenster hereinsah, und dem jungen Manne
zuflüsterte, daß es muthmaßlich morgen gutes

Wetter werden würde, und als er jetzt in die
Nacht hinausblickte, funkelten auch einzelne Sterne
diese Hoffnung in sein Herz. Was die Nebel
betraf, welche vorhin selbst die nächste Umgebung
des Dorfes verschleiert hatten, so waren sie verschwunden, und nur über den Gipfeln der dunklen Tannen im Walde schwebten noch einzelne
Nebelwolken, aber nicht grau und düster wie noch
vor einigen Stunden, sondern mondbeleuchtet,
hell und fast glänzend.

Auch die Ebene lag mondbeleuchtet und nebel-
frei vor den Augen Kurt's, und während Dorf-
schaften und Gehöfte, freilich nur dunklen Flecken
gleich, sich kenntlich machten, blitzte der Fluß
bisweilen hell auf, getroffen von den Mondes-
strahlen.

Der junge Mann schirmte seine Augen mit
der Hand, und spähte anhaltend und scharf hinunter in die Ebene, als suche er dort nach einem
höchst wichtigen und merkwürdigen Gegenstande,
der aber in der That nichts Anderes war, als
der Schein eines Lichtes in einem der näher liegenden Gehöfte. Es ließ sich aber nichts ent-
decken, und er suchte nach einiger Zeit sein Lager, indem er zu sich selbst sagte:

„Es hat nichts auf sich. Morgen!"

Einige Tage später finden wir unsern fah=
renden Ritter und seinen Knappen in einer wil=
den, romantischen Gegend, welche mit jedem
Schritt wilder und romantischer zu werden schien,
ehe wir aber erzählen, was unseren Abenteurern
dort begegnete, müssen wir erst ein wenig sehen,
was Kurt so lange in jenem bescheidenen Gast=
hause zurückhielt, und was die Ursache war,
warum er es dann so ziemlich schnell verlassen
hatte.

Er war in den ersten Tagen im Walde ge=
streift, hatte sich seiner Freiheit erfreut und ver=
sucht, einzelne besonders groteske Parthien von
Baumschlag und Felsgruppen zu zeichnen, so
gut es eben das mangelhafte Material erlaubte,
welches er im Dorfe erwerben konnte. Dann
waren ihm seine Skizzen allzu bescheiden erschie=
nen, und er fand zugleich, daß fast jede Fels=
parthie, jedes Thal und jede Bergeshöhe der an=
dern täuschend ähnlich sähe, und da er mithin
sich zu langweilen begann, beschloß er, morgen,
spätestens übermorgen, weiter zu ziehen und die
kleine Residenz des benachbarten Herzogthums
zu besuchen, in welcher er bis auf Weiteres ein
Stückchen Stadtleben abzuspielen gedachte.

Eben war er mit dem Entschlusse fertig ge=

worden, als er, rasch um eine Felsenecke biegend, plötzlich vor einem jungen Mädchen stand und überrascht, ja fast erschrocken stehen blieb, während jene einen Schritt zurückwich.

Dann wurden Beide roth, aus keinem andern Grunde, als weil es eben junge Leute waren, und dann — dann war die Bekanntschaft gemacht, und das erste Gespräch, welches sie zusammen führten, drehte sich um den weichen, moosigen Boden, welcher jedem die Schritte des Andern unhörbar gemacht hatte, und hierauf folgten Erklärungen über das Woher und Wohin, während welchen man sich gegenseitig musterte, um das W e r zu erkunden, und endlich theilte man es sich mit, ohne, mit Worten wenigstens, darüber befragt worden zu sein.

Sie war die weitläufige Verwandte eines kleinen Gutsbesitzers, welcher Simon hieß, und dessen Hof eine kleine halbe Stunde vom Walde entfernt in der Ebene lag, und war aus der Stadt zu dem Vetter gekommen, um auf ein paar Wochen die Landluft zu genießen.

Das war nicht nur wahrscheinlich, sondern selbst zuverlässig wahr, denn der Teint und die feine Hand verriethen die Stadtjungfer, ganz abgesehen von gewissen, an die Stadt erinnernden Ma=

nieren und von dem Umstande, daß andere länd=
liche Schöne durchschnittlich praktischeren Ge=
schäften obliegen, als allein im Walde umher=
zugehen und Waldblumen aufzulesen.

Was seine Mittheilungen betraf, so glaubte
sie ihm auf's Wort, daß er Schmid heiße, denn
wenn Jemand nicht vorzieht Meier oder Müller
zu heißen, so ist nichts wahrscheinlicher, als daß
er den Namen Schmid führt. Als er ihr aber
erzählte, daß er ein reisender Jäger sei, hatte
sie Mühe, ein leises Lächeln zu unterdrücken.
Die Jungfer aus der Stadt mochte wissen, daß
es blos vacirende Jägerburschen giebt oder gab,
welche meist eine unüberwindliche Vorliebe für
Spirituosen besitzen und, aus diesem Grunde
oder aus anderen dienstlos geworden, sechtend
die Welt durchziehen. Jedes Kind sah auf den
ersten Blick, daß er nicht zu diesen gehörte.

Die Species der Touristen aber, meist aus
dem Lande Britannia entsprossen, welche zu den
Gegenfüßlern wandern, um irgend eine Bestie
zu erlegen, die ihnen noch nicht zum Schusse
gekommen, sind der Narrenzunft beizuzählen und
nicht jener der Jäger.

Es giebt also eigentlich gar keine reisenden
Jäger, aber sie berührte die Sache nicht weiter,

ja sie dachte innerlich auch wohl kaum darüber
nach, sondern ließ sich plaudernd von ihm bis
zum Saume des Waldes begleiten, wo er Abschied von ihr nahm und ihr sagte, daß er zuverlässig noch einige Tage bleiben werde, und da
sie ihm schon vorher erzählt hatte, daß sie fast
täglich den Wald besuche, so hieß das kaum etwas Anderes als: Ich hoffe bestimmt, Sie morgen auf Ihrem Spaziergange wieder zu treffen.“

Das war in der That auch wirklich der Fall,
und ebenso in den folgenden Tagen, und was
sich dabei mit Kurt begab, war ungefähr Folgendes:

Er war am ersten Tage geistreich, galant,
und ließ den Mann von feiner Erziehung, trotz
des reisenden Jägers, vielleicht doch nicht ganz
unabsichtlich durchblicken. Am zweiten Tage entwickelte er eine gewisse Aufmerksamkeit, welche
ziemlich scharf geschieden ist von gewöhnlicher
weltläufiger Artigkeit, und als er am dritten
Tage, nach mit dem Förster und Pfarrer zuge-
brachten Abende, in sein Zimmer trat, beschäftigte er sich damit, nach einem Lichte zu blicken,
welches allnächtlich unten auf der Ebene, im
Oekonomiehofe des Herrn Simon brannte, und
etwa um die zehnte Stunde gelöscht wurde, da

ihm seine Waldbekanntschaft erzählt hatte, daß ihr Zimmer gegen das Dorf zu liege, und daß sie gewöhnlich noch bis zehn Uhr sich mit Lesen beschäftige.

Als dieses Licht einmal in den folgenden Tagen eine Viertelstunde länger brannte, und er sie fragte, ob sie gestern eifriger als gewöhnlich gelesen habe, erröthete sie flüchtig, denn welches Mädchen wüßte die Aufmerksamkeit nicht zu schätzen, welche ein junger Mann auf eine Vier= telstunde Entfernung der brennenden Kerze in ihrem Schlafkämmerchen widmet, und da ein junger Mann, welcher dergleichen optische Beob= achtungen anstellt, zuverlässig verliebt ist, so müssen wir annehmen, daß sich Kurt ebenfalls in dieser Lage befand, ohne daß er indessen, während aller dieser täglich stattfindenden Zu= sammenkünfte, je eine bestimmt ausgesprochene Liebeserklärung gemacht hätte.

Im ganzen Liebeswesen und Unwesen wird eine directe mündliche Liebeserklärung, an Ab= geschmacktheit nur übertroffen von einer schrift= lichen, und nur den Katzen ist gestattet, sich auf solche Weise auszusprechen, wenngleich ihre Er= klärungen häufig an eheständliche Demonstratio= nen erinnern.

Und damit ihr mir das nicht übel deuten
möget, so will ich euch sagen, daß das Girren
der Taube der Ausdruck bereits ehelicher Wohl=
gewogenheit ist, und das süße Flöten der
Nachtigall, nach Einigen, ebenfalls ein Loblied,
der brütenden Gattin dargebracht, freilich nach
Anderen, ein fast sträflicher coquetter Liebessang,
um sich bemerkbar zu machen, und das weibliche
Nachtigallengeschlecht zu berücken.

Da wir es also Kurt nicht gestattet haben,
sich auf diese Arten zu erklären, so müssen wir
ihm erlauben, das zu thun durch tausend kleine
und unwillkürlich gegebene Zeichen, durch schein=
bar vollkommen unbefangene Worte und Blicke,
und durch tausend ähnliche andere Dinge, welche
alle Welt kennt, ja selbst sogar ein junges
Mädchen.

Was Anna betraf, denn sie hatte ihm gesagt,
daß sie also heiße, so wollte es ihm scheinen, als
gäbe sie ihm fast, wie unbewußt, bisweilen eine
Gegenneigung zu erkennen, ein gewisses zurück=
haltendes Wesen schien aber stets bei ihr vorzu=
herrschen. Aber trotzdem erschien sie täglich zu
derselben, wenngleich nicht bestimmten oder be=
sprochenen Stunde im Walde, und das erschien
beiden so natürlich, ja gar nicht anders möglich,

14*

daß niemals ein Wort gewechselt wurde über ihr Kommen, oder über sein Erwarten.

Freilich ohne alle Hoffnung sie zu treffen, war er an jenem Regentage dennoch auf seinem Posten gewesen, und als sie, wie natürlich, nicht gekommen, hatte er, aber ebenfalls wieder umsonst, nach seinem Abend= und Liebesstern in Simon's Hause geblickt, als sie aber jetzt, bei wirklich schönem Wetter, am andern Tage auch nicht erschien, stiegen tausend schlimme Befürchtungen in ihm auf.

Hatte er sie beleidigt, gekränkt, war er unbescheiden gewesen, hatte man vielleicht seinethalben Verdacht geschöpft und sie abgehalten, oder war sie wohl gar krank?

Unerträglich im Herzen wurde es ihm aber, als er sie auch am folgenden Tage fruchtlos erwartete.

Da, er wußte ja nicht, was vorgefallen, der Instinct ihn abhielt, persönlich bei Simons nachzuforschen, so beschloß er Paul mit geheimer Sendung zu betrauen und theilte diesem so viel mit, als er für nöthig hielt. Da aber bei solchen Mittheilungen fast jeder Diener das Dreifache von dem erräth, was ihm eigentlich im Interesse des Herrn zu wissen nöthig, so hatte Paul bald seine eigenen Gedanken.

„Derohalben laufen wir also in der Welt herum," sagte er zu sich selbst, „es ist eine alte Bekanntschaft, und daheim spukt es, wegen gräf= licher Gnaden Frau Mutter, gerade wie bei mir wegen der Katharein, und die haben sich daher in den Wald bestellt, wo sie Niemand nicht sehen thut. Meinetwegen! Eine Hand wäscht die an= dere, und ich will mich pfiffig anstellen."

Er benahm sich in der That nicht ungeschickt, und das Glück war ihm insofern günstig, als er mit seinen Nachforschungen an einen Bur= schen gerieth, welcher erst seit kurzer Zeit als Knecht in das Dorf gekommen war und, obgleich sonst ziemlich theilnahmslos, doch unten in der Nähe von Simon's Hof arbeitend, die Mamsell aus der Stadt hatte fortfahren sehen.

Daß sie von ihren Verwandten abgeholt worden war, oder daß ihr dieselben das Geschirr geschickt hatten, war Kurt nun freilich klar, auch war er so ziemlich überzeugt, daß dies plötzlich und ohne ihr Wissen geschehen, denn sie hätte ihn doch sonst gewiß von ihrer nahen Abreise in Kenntniß gesetzt. Auch daß sie nicht mit ihm schmollte, war er jetzt fast sicher überzeugt, ja es schien ihm nun, da sie verschwunden, mehr und mehr sicher zu werden, daß sie ihm nicht abgeneigt und, obgleich sie stets schüchtern und zurückhaltend, ihn dennoch liebe.

Es begegnet jungen Männern häufig, daß sie erst nach Entfernung des geliebten Gegenstandes solche Anzeichen von Gegenliebe sich zurecht legen, aber wir wollen die Gründe dieser Erscheinung nicht näher entwickeln, sondern blos sagen, daß dieselbe beim weiblichen Geschlecht jedenfalls in bedeutend geringerem Grade, oder vielleicht gar nicht stattfindet.

Während aber durch diese Hoffnung seine Neigung gesteigert wurde, da Gegenliebe die eigene mehrt und kräftigt, stiegen Bedenken anderer Art in ihm auf.

Er sagte sich, daß er alle die trefflichen Gelegenheiten, welche bisher sich ihm geboten, nur schlecht benutzt, nicht daß er zu schüchtern, zu wenig unternehmend gewesen, sondern daß er von ihren näheren Verhältnissen fast nichts erkundet. Nicht einmal ihren Familiennamen wußte er, blos daß sie Anna hieß. Als sie ihm gesagt, daß sie aus der Stadt sei, hatte er gefragt: ob aus der größeren, näherliegenden? sie hatte aber erröthend blos mit dem Kopfe ver-

neinend geschüttelt, und seine zweite Frage, ob
aus der kleineren, herzoglichen Residenz, jen=
seits der Grenze, hatte sie mit Nicken bejaht.
Nicht einmal Nein, Nein und Ja, Ja hatte sie
gesagt, wie es die Herren Quäcker zu halten
pflegen.

Vielleicht schämte sie sich gar, in der kleinen
Stadt zu wohnen, und das wäre dann der ein=
zige, wenn auch nur kleine Fehler gewesen, den
er an ihr entdeckte, da sie im Uebrigen ein voll=
kommener und regelmäßiger Engel war, denn
daß sie offenbar sorgfältig und ängstlich ver=
mied, von ihren Familienverhältnissen zu spre=
chen, deutete er ihr kaum schlimm. Muthmaß=
lich lebte sie in gedrückten Verhältnissen, und von
solchen spricht man nicht gern.

Eine Anverwandte des Halb= oder Drei=
viertelbauern Simon, die einige Wochen auf
dessen Hof zubringt, um gesunde Landluft mit
obligater Landkost zu genießen, hat keinenfalls
eine halbweg behagliche Stellung, wenn sie
gleichwohl, darin konnte man sich nicht täuschen,
eine gute Erziehung genossen hatte. Dazu kam,
daß sie etwas Waisenartiges an sich zu haben
schien, ein Eindruck, den er gleich anfänglich in

sich aufgenommen hatte, und der sich jetzt, er
wußte selbst nicht warum, bedeutend vermehrte.

Während solchem Erwägen hatte er sich all=
mählich ein Bild ihrer Verhältnisse geformt: Sie
war die Tochter eines mittellosen Beamten, wel=
cher zu seinen Vätern gegangen war, und sie als
eine arme Waise zurückgelassen hatte, welche sich,
trotz ihrer feinen Hände, nun doch mit diesen
ernähren mußte. Eine Putzmacherin vielleicht.

Und jetzt liebte er das arme, sanfte und be=
scheidene Ding doppelt, und er beschloß ihr nach=
zuziehen und, wenn er sie gefunden, ihr einfach
zu sagen, daß er nicht von ihr lassen und sie
heirathen wolle, denn junge Leute, ehrenhafte,
sind reeller in ihrer Liebe als ältere, und wenn
die Jugend ein Fehler ist, so ist das Alter ein
Laster.

Freilich lag, während und nach diesen Be=
schlüssen, seine Frau Mutter ihm bedeutend, wir
sagen nicht im Magen, weil das zu prosaisch
wäre, sondern im Herzen, weil er sie wirklich in
diesem trug, verehrte und liebte, aber — er sagte
sich was tausend junge Leute, in solchem Falle,
sich schon sagten, und auch noch ferner sagen
werden, vor Allem, daß er heirathe und nicht
sie, und dann gedachte er der rosenfarbenen

Brücke, welche die Liebe über unergründliche Ab=
gründe schlägt, an die große Herzenswalze, welche
die schroffsten Standesunterschiede zu dem be=
quemsten, blumenbestreuten Pfade ebnet, und
dann wandelte er auf diesen Pfaden, begleitet
von Liebe, Treue und ewiger Dankbarkeit. Im
Geiste nämlich, da im Leben auf solchen Liebes=
wegen häufig mehrfache Schrollen und Steine
liegen bleiben, allerlei Unkraut und Dornen wu=
chern, und die drei genannten Begleiterinnen,
solcher schlimmen Wege halber, nicht selten das
Weite suchen.

Fast lächeln mußte er aber, als er daran
dachte, wie er von Hause davon gelaufen, um
jener allzu mannhaften Gräfin zu entgehen, und
dafür, freilich nicht gleich, sicher aber später, ein
sanftes, schüchternes, Putzwaaren fertigendes We=
sen heimzuführen.

Aber die Ehen werden im Himmel geschlossen,
und ein Stückchen Vorsehung lag zuverlässig in
der Geschichte.

Dann aber zog er mit seinem Paul durch
Wald und Feld fort, um zu finden was er suchte,
und das war der Grund, warum wir ihn in
jener Gegend getroffen haben, deren Romantik
sich mit jedem Schritte aufzubessern schien.

Nüchterner war freilich am ersten Tage der
eingeschlagene Weg, und halb mit Vergnügen,
halb mit Neid sah Paul auf die Obstbäume,
deren mit Früchten überschüttete Aeste man
stützen mußte, damit sie nicht brächen, wegen fast
allzu reichlichem Segen, und auf den goldenen
Weizen, dessen Aehren ebenfalls sich schwer zu
Boden neigten. Dicht stehende Stoppeln ver=
kündeten, daß Roggen und Gerste schon ein=
geheimst waren, und so behauptete die edelste
Körnerfrucht allein noch das Feld, welche zu
stolz schien, sich mit dem Hafer näher zu be=
freunden.

„Plaisirliche Landschaft das," sagte Paul,
„und doch wahrhaftig schöner, als die Wüstenei
dahinten im Walde, und wenn's so fort geht
bis in die Stadt, in welche wir wollen, so ist
das Zufußgehen nicht so dumm wie es aus=
sieht."

Kurt erfreute sich an dem behäbigen Aus=
sehen der ländlichen Wohnungen und der Be=
völkerung, denn so rasch wie schlechte Jahre das
Banner der Armuth von Haus und Hütte wehen
lassen, so rasch und fast noch schneller, verleiht
reichlicher Erntesegen das Ansehen der Wohl=
habenheit.

Und eben jenes Jahr war eines der frucht=
barsten in der ersten Hälfte unseres Jahrhunderts,
und die Alten sprechen noch heute von der Treff=
lichkeit des Rebensaftes, den es geboren, der,
nur wenige Monden zählend, doch schon des
Menschen Haupt zu den unsterblichen Göttern
erhob, nicht selten aber dafür den Fuß in aller=
lei mißliebige, schwankende Bewegungen versetzte.
Die Jungen aber kennen es vom Hörensagen,
und vielleicht aus alten, bestaubten Glaskerkern,
in welche die Hand des Küfers die Geister jenes
Weinsegens verschlossen und gebannt.

Auch am nächsten Tage zogen die Beiden
durch also gesegnete Fluren, zu Paul's geheimem
Aerger aber, fragte Kurt am Mittage nach einem
andern Wege zur Stadt.

„Mich erfreut diese Fruchtbarkeit," sagte er,
„und ich scheue die Sonne nicht, obgleich sie ver=
zweifelt niedersengt auf diese schattenlosen Wege.
Waldpfade aber wären mir dennoch lieber, denn
tagelang nichts als Aepfel=, Birnen= und Zwet=
schenbäume, und Weizenfelder um sich zu sehen,
gemengt mit Stoppeln und jugendlichem Rüben=
bau, beginnt mir langweilig zu werden."

Man sagte ihm, daß er die Berge, die Fort=
setzung des Gebirgszuges, welchen er vor Kur=

zem verlassen, leicht in einigen Stunden errei=
chen könne, und daß, verfehle er den Weg nicht,
der Waldweg fast noch näher zur Stadt sei, als
der durch die Ebene. Auch ein Dörfchen lag dort
im Gebirge, zu dem freilich durchaus der Weg
nicht verfehlt werden durfte, in welchem aber,
bei bescheidenen Ansprüchen, eine noch beschei=
denere Unterkunft wohl zu erwarten sei.

„Wir müssen uns also stets nach Norden
halten?" fragte Paul.

„Natürlich," versetzte sein ländlicher Rath=
geber, indem er mit der Hand nach Osten zeigte,
„und hernach so herum," er deutete nach Nord
und Nordwest. „Der Weg krümmt sich drinnen
ein wenig, wenn Sie aber immer darauf blei=
ben, so können Sie gar nicht fehlen."

Als unsere beiden jungen Reisenden sich etwa
eine Stunde im Walde befanden, sahen sie frei=
lich, daß der Mann, welcher ihnen den Weg be=
schrieben hatte, die Wahrheit gesagt. Der Weg
krümmte sich in der That, ja sogar höchst auf=
fällig, so daß er zuerst einen Bogen, dann einen
Kreis zu beschreiben schien, und hierauf gesellten
sich gute Freunde zu ihm, Wegcollegen, welche
eine Strecke lang neben ihm herliefen, dann ihn
kreuzten, und so genau seine Physiognomie an=

nahmen, daß sie ihm zum Verwechseln ähnlich sahen.

Muthmaßlich war dergleichen auch bereits geschehen, denn die Sonne machte merkwürdige Sprünge, droben unter ihrem blauen Himmels= zelte, und lächelte, bald links bald rechts, auf die Wandernden nieder, und nachdem die an= deren Wege sich nach und nach bescheiden und unmerklich entfernt hatten, machte der, auf wel= chem sie sich eben befanden, ein Kunststück, wel= ches bei vielen Waldwegen beliebt zu sein scheint, und bisweilen auch bei moralischen und unmo= ralischen Lebenswegen vorkommen soll.

Breit und klar ausgesprochen, wenn auch nicht eben in gewünschter Geradheit, war er einige Zeit verlaufen, dann verschwanden die Fahrgeleise, und endlich fand sich Graswuchs ein.

Der Fahrweg war zum Fußpfad geworden, welcher ebenfalls bald verschwand, und, Abschied nehmend, den Reisenden anvertraute, daß sie sich gründlich verirrt hätten.

Nicht in den gewähltesten Ausdrücken schalt Paul über den Bauer, welcher ihnen die An= deutungen über den Waldweg gegeben, da er jenem Standesgenossen wenig Rücksicht schuldig zu sein glaubte. Dann rieth er zum Umkehren, um wenigstens aus dem Walde zu kommen, ehe die Nacht hereingebrochen sei.

„Bewahre! Einmal wende ich überhaupt nicht gern um, moralisch nicht und nicht physisch, dann aber haben diese Waldpfade heute ihre perfideste Laune, und führen uns wahrscheinlich nicht aus dem Walde, sondern, vertrauen wir uns ihnen an, zuverlässig noch tiefer hinein.“

„Es ist möglich,“ sagte Paul, „daß Eure Gnaden recht haben, obgleich ich keine Silbe von dem verstanden habe, was Sie sagten. Das aber halte ich für sicher, daß nämlich meiner Mutter Sohn heute Nacht auf bloßer Erde schlafen wird, und selbst Eure Gnaden werden das thun müssen, obgleich Sie feiner Leute Kind sind. Herr Jesus! die Schande!“

„Vorwärts!“ rief Kurt, indem er auf Geradewohl in's Dickicht drang. „Wir Beide sind nicht so verzärtelt, daß uns eine im Freien zugebrachte Nacht schaden sollte, und da wir vorsichtiger Weise heute mit einigem Mundvorrathe versehen sind, werden wir wenigstens keinen Hunger leiden.“

Er konnte, nachdem sie einige Zeit auf ungebahntem Pfade, das ist also eigentlich auf gar keinem, durch Dick und Dünn gedrungen

waren, seine Verwunderung nicht bergen über
den vollständig veränderten Charakter, den die
Waldlandschaft angenommen hatte.

Draußen auf der Ebene das fruchtbarste
Ackerfeld, dann der Beginn des Waldes mit nie-
derem Birkenholze, dem ein Buchenwald folgte,
und jetzt, nachdem sie längere Zeit sich durch
ein Dickicht gewunden hatten, welches eine Ver-
brüderung fast aller deutschen Waldbäume zu
sein schien, befanden sie sich in einem Nadelholz-
walde, welcher eher einer Wildniß glich als
einem anständigen Forste, welcher im Akten-
schranke des Forstamtes tabellarisch verzeichnet
liegt, und sich eines regelmäßigen Abtriebes erfreut.

Gewaltige Bäume standen wohl dort, mäch-
tige Weihmuthskiefern, riesige Tannen, dazwi-
schen aber wieder ein unkultivirtes Volk junger
Fichten und Tannen, welche, allzu dicht aneinander gedrängt, sich Luft, Licht und Boden streitig machten, und sich gegenseitig das Wachsthum
verkümmerten. Liederlich und unregelmäßig ab-
gesägte einzelne Strünke deuteten auf unzweifel-
haften Waldfrevel, während vom Sturme zer-
splitterte und entwurzelte Bäume unbenutzt auf
Fels und Boden lagen, und theilweise den

Lauf des Waldbaches hemmten, der brausend
von der Höhe gesprungen kam, und über die
Felsen sich stürzend, hie und da kleine Wasser=
fälle bildete.

Die beiden jungen Leute hatten an einem
ziemlich großen Felsblocke Halt gemacht, und
blickten nach dem dunkelroth glühenden Abend=
himmel, an welchem eben die Sonne untergegan=
gen war, und Paul sagte mißvergnügt:

„Jetzt haben wir die Bescheerung und sind
gerade an die allermiserabelste Stelle gekommen,
wo sich die Füchse „Gute Nacht" wünschen,
wenn's selbst diesen Bestern hier nicht zu elen=
diglich ist. Was fangen wir jetzt an?"

„Das will ich Dir sagen," versetzte Kurt.
„Heute noch weiter gehen, hat keinen Zweck, und
deshalb bleiben wir hier. Wasser haben wir
dort im Bache, ein wenig ausgerauftes Haide=
kraut wird unser Lager bilden, und wir schla=
gen das an diesem Felsen auf, der uns vor dem
Winde schützt, und hinter welchem wir sogar,
wenn die Nacht kühl, ein Feuer anzünden."

„Das haben Sie nicht nöthig," sagte in die=
sem Augenblick eine männliche Stimme, „ich lade
Sie zu meinem Feuer ein."

Mit diesen Worten war ein Mann hinter

dem Felsen hervorgetreten, welcher nicht eben einen schlimmen Eindruck machte, dennoch aber ein einigermaßen abenteuerliches Ansehen hatte.

Er trug hohe Ledergamaschen, eine Jacke und Beinkleider von dunklem Plüsch, und hatte eine ziemlich lange, einfache Flinte über dem Rücken hängen. Der breitrandige braune Hut aber war mit einer starken goldenen Schnur umwunden, und phantastisch mit Federn und einem grünen Reis geschmückt. Dabei fehlte eine schwere goldene Uhrkette nicht, und ebenso goldene Ringe an den Händen.

Das rasche Hervortreten des Mannes, seine unerwartete Ansprache, und sein eigenthümliches Aeußere trug die Schuld, daß Kurt nicht sogleich Antwort gab, sondern den Fremden unwillkürlich einige Augenblicke musterte, und dieser sagte jetzt lachend:

„Für was halten Sie mich?"

„Ich lasse mich hängen," versetzte Kurt ebenfalls lächelnd, „wenn ich das weiß."

„Nun denn, wie sehe ich aus?"

„Hm," versetzte Kurt, „unser Zusammentreffen ist so eigenthümlich, daß vielleicht eine aufrichtige Antwort nicht übel am Platze ist. Halte ich also den ersten Eindruck fest, so sehen

Sie — so ziemlich wenigstens — dem Bilde gleich, welches man sich gewöhnlich von einem italienischen Räuberhauptmann macht. Entschuldigen Sie aber!"

„Bravo," versetzte der Fremde, „das ist mir doppelt erfreulich zu vernehmen. Einmal sehe ich, daß Sie wenig Umstände machen, dann aber will ich in der That genau so aussehen. Ich will Ihnen aber jetzt sagen, wer ich bin und wie ich heiße. Mein Name ist Hite, oder Karl Mettbach,*) genannt Foreskero, oder der Städter, und ich bin der Hauptmann einer Zigeunerbande. Ihre Ankunft ist mir schon vor mehreren Stunden gemeldet worden."

„Ist das möglich?" rief Kurt verwundert.

„Außerordentlich möglich," sagte der Zigeunerhauptmann, „aber ihr Gadschis habt von uns verzweifelt verwirrte Begriffe. Jetzt aber kommen Sie mit mir. Wahrscheinlich würden Sie hier sicher sein, zuverlässig aber sind Sie es bei mir."

Paul zupfte seinen Herrn und suchte ihn am Kleide zurückzuhalten, indem er flüsternd sagte:

„Sie werden doch nicht mit diesem Hauptspitzbuben — —"

*) Es existiren Zigeunerfamilien dieses Namens.

Aber Kurt unterbrach ihn mit lauter Stimme und sagte lächelnd:

„Gieb Dir keine Mühe, ich folge der Einladung dieses Herrn, und obgleich ich überzeugt bin, daß wir in seinem Lager vollständig sicher sind, so lassen mich doch noch mehrfache andere Gründe mit Freuden die gebotene Gastfreundschaft annehmen."

Der Zigeunerhauptmann schien ziemlich bekannt in dem wilden Revier, so daß man verhältnißmässig bequemer vorwärts kam als vorher, obgleich noch stets Gestrüppe zu durchschlüpfen und gefallene Baumstämme zu übersteigen waren, und endlich sagte Kurt:

„Ihr ganzes Auftreten, Herr Hauptmann, oder Herr Mettbach, hat etwas Romantisches und Absonderliches, ebenso absonderlich aber will mir die Wildniß hier erscheinen, die da, mitten in der Cultur, plötzlich auftaucht wie eine wüste Insel. Allenthalben hört und liest man von rationellem Betriebe, von Boden= und Forstcultur, man säet und versetzt Forstpflanzen, man zieht Wassergräben und treibt tausend andere ähnliche Dinge, hieher scheint seit Jahren kein Förster den Fuß gesetzt zu haben. Ich begreife das nicht."

15*

„Es ist ein Zigeunerhimmel,“ sagte der Haupt=
mann, „oder, wenn Sie wollen, ein Asyl für
uns arme Teufel, in welchem man sich wenig=
stens nicht die Mühe nimmt, uns zu belästigen.
Ich will Ihnen aber das Räthsel lösen. Der
ganze, und ziemlich bedeutende Distrikt liegt seit
Jahren im Prozesse. Zwei größere Grundbesi=
tzer, zwischen deren Habe er liegt, beanspruchen
ihn als ihr Eigenthum, und da die Advokaten
selbstverständlich alle söhnenden Gedanken ver=
scheuchen, hat sich zwischen den Streitenden eine
ganz gemüthliche Familienfeindschaft entwickelt.
Verständige Verwandte machten freilich den Vor=
schlag, auf gemeinschaftliche Kosten das streitige
Grundstück bewirthschaften zu lassen und den Er=
trag zu theilen, bis die Sache entschieden. Aber
keiner gönnte dem Andern diesen Antheil, und
verzichtete deshalb lieber auf den eigenen, zu=
frieden damit, daß auch die Förster des Gegners
das Revier nicht betreten durften. Da aber die
Mäuse Herr im Hause, wenn die Katze spazie=
ren gegangen, so haben wir hier freie Hand, und
das zwar doppelt, da die Grenze dichtan liegt,
und im Falle man uns hier dennoch stören
würde, wir rasch drüben das Herzogthum errei=
chen können. Als heute am Nachmittage einige

Jungen, welche am Saum des Gehölzes auf der
Lauer lagen, mir meldeten, daß zwei Jäger sich
dem Walde näherten, ging ich selbst, um die
Ankömmlinge zu beobachten. Aber ich verbannte
rasch alle Besorgniß. Sie sind kein Förster,
sondern ein junger Mann aus guter Familie,
der aus Laune, oder aus anderen Gründen, eine
größere Fußreise macht, denn aus der nächsten
Runde sind Sie nicht."

„Es ist ähnlich wie Sie sagen," versetzte
Kurt, „aber ebenso gewiß, wie ich kein Jäger
bin, sind Sie kein im Walde aufgewachsener
Zigeuner."

„Man nennt mich Foreskero, den Städter,"
erwiderte der Hauptmann kurz.

Einige Augenblicke später traten sie aus
einem Dickicht, und Kurt blieb, überrascht durch
den Anblick, welcher sich ihm bot, unwillkürlich
stehen.

Das Lager der Zigeuner entfaltete sich plötzlich vor seinen Blicken, einem phantastischen
Gemälde oder der Scenerie einer großen Bühne
ähnlich, und die bereits hereingebrochene Dämmerung trug ohne Zweifel vieles dazu bei, das
Groteske der ganzen Erscheinung zu heben und
zu vergrößern.

Die Horde hatte sich auf einem freien, mit
Haidekraut bewachsenen Platze gelagert, auf wel=
chem nur einige wenige größere Nadelholz=
bäume standen, und während man etwa ein hal=
bes Dutzend Zelte aufgeschlagen hatte, schien der
übrige und überwiegend größere Theil der Zi=
geuner mit dem Lager auf der Erde zufrieden,
und hatte sich bereits gruppenweise um flam=
mende Feuer versammelt, und nur einige wenige
schienen sich auf ein paar Wagen eingerichtet zu
haben, welche am andern Ende des Berges
standen und in deren Nähe Pferde weideten.

Sie schritten jetzt näher und wurden, nach=
dem sie das Lager erreicht hatten, ehrfuchsvoll
von Alt und Jung begrüßt, und Kurt übersah
die Lappen, mit welchen häufig die Erwachsenen
einzig bedeckt waren, die verwilderten und un=
gekämmt herabhängenden Haare, und den selbst
beim Feuerschein erkennbaren Schmutz, da ihm
vorläufig das Romantische der ganzen Erschei=
nung überwiegend war. Was die mangelhafte
Kleidung betraf, so hatte er bezüglich der Kin=
der diese Nachsicht nicht zu üben, einfach aus dem
Grunde, weil keines der braunen Sprößlinge
irgend eine Spur von Gewandung an sich trug.

„Kommen Sie," sagte jetzt der Hauptmann,

„ich muß Sie der Dame des Hauses vorstellen, der Aeltesten der Horde, welche man bei Ihnen gewöhnlich Zigeunermutter nennt."

Er führte ihn mit diesen Worten zu einem der Zelte, vor welchem eine mumienhafte Alte auf der Erde saß, welche, ohne sich zu rühren, die Ankömmlinge anstarrte und offenbar erwartete, zuerst angesprochen zu werden. Der Hauptmann that dies jetzt auch, aber in einer Kurt voll= ständig unverständlichen Sprache, und nach eini= gen kurzen Gegenreden erhob sich die Alte und sagte, indem sie Kurt die Hand reichte:

„Seien Sie mir willkommen. Sie werden armen Leuten, wie wir sind, nichts zu Leide thun."

Sie ließ sich hierauf wieder nieder und zog ein dunkles großes Tuch, welches ihre einzige Bekleidung zu sein schien, fast gänzlich über ihr Antlitz, offenbar ein Zeichen, daß sie nicht weiter zu sprechen wünsche.

„Also auch das ist wahr," sagte Kurt, wäh= rend sie hierauf auf das etwas abseits gelegene Zelt des Hauptmanns zugingen, „daß die Aelteste des Stammes bei Ihren Leuten ein so großes Ansehen genießt?"

„Ja," versetzte der Hauptmann, „es ist so,

und fast genau in der Art, wie man es bis=
weilen bei Ihnen auf der Bühne sieht, aber ich
will ein Prasdo sein, wenn Sie von der Alten
nicht irgend eine merkwürdige oder mystische
Ansprache erwarteten, eine Segnung oder eine
Verwünschung, oder wenigstens die Anrede:
„Blanker Bruder." Aber es ist ein gutes, altes
Ding, welches abscheulicher aussieht, als sie in
der That ist, und ich komme besser mit ihr aus,
als andere Hauptleute mit ihren Stammes=
ältesten, da diese wirklich großen Einfluß auf
unsere Leute üben, und aller Blödsinn, den sie
sprechen, für baare Münze gilt. Schenken Sie
ihr morgen ein paar Groschen, sie nimmt sie
mit Vergnügen, obgleich sie vermögend ist, denn
sie hat den baro rai, den vornehmen Herrn, auf
den ersten Blick an Ihnen erkannt."

Sie waren währenddessen am Zelte des
Hauptmanns angekommen, welches zwar nicht
besonders geräumig war, indessen doch hinläng=
lichen Raum für zwei auf der Erde befindliche
Lager und eine Truhe bot, und der Hauptmann
sagte jetzt:

„Da Sie muthmaßlich eine städtische kalte
Küche einer warmen Zigeunermahlzeit vorziehen,
so schlage ich vor, daß wir ohne Feuer hier

außen im Freien soupiren, und was Ihr Nacht=
lager betrifft, so werden Sie hier im Zelte
neben meinem Lager schlafen, und das Mant=
scherle schläft draußen im Haidekraut. Für
Ihren Diener, der ebenfalls außen schlafen
wird, werde ich Decken besorgen."

„Ich weiß nicht," versetzte Kurt, „wer oder
was Mantscherle ist, wenn es aber, wie ich ver=
muthe, etwas Lebendiges ist, so werde ich auf
keinen Fall dasselbe von seinem Bette ver=
treiben."

„Mantscherle *) ist dieses hier," sagte der
Hauptmann, indem er auf ein junges Mädchen
oder eine junge Frau zeigte, welche plötzlich wie
aus der Erde gewachsen mit gekreuzten Armen
und den Blick zu Boden gesenkt, vor dem Zelte
stand.

„Danke es der Anwesenheit dieses Herrn,"
fuhr jetzt der Hauptmann gegen dieselbe gewen=
det fort, „daß ich Dir Deine Nachlässigkeit ver=
zeihe, bei meinem Heimkommen nicht zur Stelle
gewesen zu sein."

Dann folgten kurze und rasche Befehle in

*) Magdalena im Deutschen. Mantscherle ist einer der
wenigen christlichen Vornamen, für welche die Zigeuner in
ihrer Sprache eine Uebersetzung haben.

der Zigeunersprache, und in kurzer Zeit stand
eine in der That anständige, und für Ort und
Umstände selbst elegant aufgetragene Abend=
mahlzeit vor dem Hauptmann und seinen Gästen,
auf der Erde zwar, aber dafür speiste man das
kalte Geflügel mit silbernem Bestecke, und der
Wein ward aus silbernen Bechern genommen.

Einzelne Heimkehrende huschten noch von
verschiedenen Seiten her in's Lager, und der
Hauptmann sagte lächelnd:

„Sie kommen spät, zuverlässig hat aber jeder
irgend eine Jagdbeute erworben, aus dem Walde,
aus irgend einem Fischbache oder Weiher, aus
der Vorrathkammer oder dem Hühnerhofe eines
Bauern, oder wohl auch vom Anger oder hinter
Zaun und Hecken."

„Und aus was besteht wohl diese Beute?"
fragte Kurt.

„Nun," versetzte der Hauptmann, „aus ver=
schiedenen Gegenständen. Vielleicht ist es ein
Hase, der in einer Schlinge gefangen worden ist,
vielleicht eine Forelle oder ein Karpfen, den ein
schlauer Bursche mit einer Gabel aus seinem
Elemente herausgeholt hat, um ihn jetzt ohne
Gabel und einfach mit den Händen zu verspei=
sen, vielleicht sind es ein paar Hühner, einige

Eier, etwas Butter oder etwas Schmalz, welche
der Zigeuner in Haus oder Hof eines Bauern
erhandelt oder einfach „gefunden" hat. Es kann
aber auch sein, daß es eine todte Katze ist oder
ein Stück eines gefallenen Pferdes, neben dem
Igel unser größter Leckerbissen."

„Ist das möglich," rief Kurt, „und können
Sie, der Sie, wie Figura zeigt, so trefflich zu
tafeln wissen, dergleichen ohne Abscheu mit an=
sehen?"

„Gefallene Thiere," sagte der Hauptmann
ernsthaft, „hat Gott geschlachtet, und deshalb
sind sie delikater, als durch Menschenhand ge=
tödtete. Was die Katze betrifft, so ist sie so
schmackhaft, als jedes andere Wildpret, das Beste
aber unter allen ist der Igel, der sowohl das
gemeinschaftliche Wappen aller unserer Stämme,
als auch Leibspeise jedes Zigeuners ist. Das ist
Zigeunerglaube, Zigeunerregel, und ich halte fest
an Beiden. Wenn ich aber bisweilen nach Art
der Gadschis, das heißt, nach der Ihrigen, tafle,
auch wenn ich keine Gäste habe, so hat das
seinen guten Grund.

Jeder große Herr hält mitunter offene fürst=
liche Tafel. Die Leute ärgern sich darüber und
sehen mit Neid den Aufwand. Aber — es im=

ponirt ihnen nichtsdestoweniger und mehrt den
Respekt. Das darf aber freilich nicht täglich, ja
selbst nicht häufig geschehen, und der Fürst muß
auch wieder zeigen, daß er die Kost und die Ge=
bräuche seines Volkes nicht verachtet, sondern
daß er sie liebt. Und deshalb speise ich mit
meinen Leuten verunglückte Katzen, gestorbene
Pferde und allerlei andere gute Sachen, welche
zu genießen, Sie nichts weiter als ein Vorur=
theil abhält.‘‘

Kurt schüttelte den Kopf und sagte:

„Ich gestehe Ihnen, daß mir das unbegreif=
lich ist.‘‘

„Am unbegreiflichsten ist Ihnen, wie sich die
Fragmente von Cultur, welche Sie an mir zu
bemerken so gütig waren, mit dem wilden Leben
hier einen lassen,‘‘ erwiderte der Hauptmann.
„So weit es mir gestattet ist, will ich Ihnen
einige Anhaltspunkte geben, und um Sie nicht
zu ermüden, will ich das mit möglichst kurzen
Worten versuchen.

Alle Zigeuner haben einen unbezähmbaren
Wandertrieb, ist das ein Fluch, ist es ein Se=
gen? Ich weiß es nicht. Trotzdem aber giebt
es unter uns vermögende, ja selbst reiche Leute,
welche ansässig sind in den Zigeunerdörfern oder

Ansiedelungen in der Moldau, in der Walachei und an verschiedenen anderen Orten. Aber auch diese sind gewandert, und thun es zu Zeiten wohl auch noch, jedenfalls aber schicken sie ihre Söhne in die Welt, meist auf sieben Jahre, weil dies die uralte, heilige Zahl. Ich zweifle nicht, daß Sie wohl schon einem Zinguraro begegnet sind, einem scheinbar armen Burschen, mit zottigem, schwarzem Haupthaar, und bekleidet mit brauner, grober Wollenjacke, der hölzerne Löffel und anderes Geschirr verkauft, oder wohl auch Kupfer- und Eisenschmied ist. Derselbe aber hat zu Hause vielleicht ein Vermögen, was manchem hübschen Grundbesitz hier im Lande die Wage hält, ja er hat vielleicht sogar vom Hause aus ein Stückchen Cultur mit in die Welt gebracht, was bei seiner Heimkunft freilich verloren sein kann, vielleicht sich aber auch gemehrt hat.

Ich selbst war zwar weder ein Zinguraro noch ein Ursaro, das ist ein Bärenführer, aber meine Eltern, welche einen nicht unbedeutenden Grundbesitz besaßen, ließen mich, so gut wie die anderen Stammesgenossen, als Kind schon mit einer Bande streifen, und das zwar bis etwa in mein zwölftes Jahr. Dann traten aber andere Verhältnisse ein.

Ein Bruder meines Vaters war Hauptmann unserer Horde, er verunglückte aber in Folge einiger Meinungsverschiedenheiten mit der Justiz, das heißt, er wurde gehängt, da der Zwiespalt in einem Lande stattfand, in welchem diese alte ehrwürdige Todesart noch gebräuchlich war, und jetzt wurde mein Vater als Hauptmann gewählt, denn die Würde eines Hauptmanns ist bei uns zwar nicht erblich, indessen giebt man, ist es nur halbweg möglich, einem Zigeuner den Vorzug, aus dessen Familie schon ein oder mehrere Haupt= leute hervorgegangen sind, und Sie können des= halb, wenn es Ihnen Vergnügen macht, auch an= nehmen, daß diese Würde erblich ist. Es kommt so ziemlich auf Eins heraus.

Das Uebergewicht, oder besser die Macht, welche ein Zigeunerhauptmann besitzt, ist eine große, und früher waren wir sogar unumschränkte Herren über Leben und Tod, da aber gegen= wärtig die Richter der Stadtmenschen ihre Nase in Alles stecken, so ist dieses unser Vorrecht ein wenig schwankend geworden. Aber das gehört nicht zur Sache, und es ist nur fest zu halten, daß jede Familie ihr Möglichstes thut, sich die Hauptmannswürde zu erhalten. Also auch mein Vater. Er wollte indessen seinen Leuten einen

tüchtigen Hauptmann geben, und da es auf
der Hand liegt, daß es von dem größten Vor=
theil ist, wenn ein solcher die Sitten und Ge=
bräuche der Gadschis durch eigene Erfahrung ge=
nau kennen gelernt hat, so beschloß er, mir eine
sogenannte gute Erziehung geben zu lassen.

Er hatte in früheren Zeiten einmal einem
der Ihrigen eine bedeutende Gefälligkeit erzeigt,
indem er ihm eine ziemlich große Summe vor=
streckte, und wenn das seltsam klingt, so ist es
gewiß noch viel merkwürdiger, daß jener die
geliehene Summe nicht allein redlich wieder zu=
rückerstattete, sondern sogar auch für die Folge
meinem Vater ein dankbares Herz bewahrte. Die
Dankbarkeit ist ohne Zweifel eine so schöne und
glänzende Tugend, weil sie so wenig in Gebrauch
genommen und abgenützt wird. Ich aber kam,
angeblich als der Sohn eines ungarischen Guts=
besitzers, in das Haus jenes Dankbaren, und jetzt
begann man in der größern Stadt, welche er
bewohnte, nach besten Kräften an mir zu erziehen.

Freilich glaubte ich in den ersten Tagen in
Mitte aller dieser Mauern und verschlossenen
Thüren ersticken zu müssen, sonderbarer Weise
aber war das bald überwunden, ich entlief nicht
ein einziges Mal, ja ich lernte sogar mit ziem=

lichem Eifer und selbst mit Vergnügen, da man
mich zu bestimmten Studien nur wenig anhielt,
sondern studiren ließ, was mir eben behagte.
Als ich etwas herangewachsen war, verwehrte
man mir den Umgang mit anderen jungen Leu=
ten meines Alters nicht, und es ist begreiflich,
daß ich Sitte und Unsitte der Ihrigen auf diese
Art trefflich lernte, zumal da ich mit Geld stets
mehr als hinreichend versehen war. Den eigent=
lichen Zweck aber, weshalb ich in die Stadt ge=
schickt worden war, verlor ich nie aus den Au=
gen, und als ich endlich abgerufen wurde, fand
ich mich so rasch in unsere alten Sitten und
Gebräuche zurecht, als sei ich gestern von Wald
und Haide geschieden, und jetzt wissen Sie,
warum man mich Foreskero nennt, und warum
ich Ihnen wie eine Art Komödien=Hauptmann
vorgekommen bin."

Während dieser Erzählung des Hauptmanns
war der Mond heraufgestiegen, und die ganze
Umgebung nahm einen veränderten Charakter
an. Die meisten Lagerfeuer der Zigeuner waren
erloschen, oder wenigstens unscheinbar geworden
durch das helle Licht des Vollmondes, der seine
leuchtenden Strahlen auf die Gruppen einiger
Tänzer warf und dieselben scharf auf dem bläu=

lich schimmernden Haidegrund hervortreten ließ,
während Baumschlag und Felsparthien massen=
hafter und großartiger wurden. Der alte Mond=
mann thut das gern, er deckt den Mantel der
christlichen Liebe über Kleinlichkeiten an Land=
schaft und Bauwerk, einigt Zerrissenes und ge=
stattet seiner Freundin, der Phantasie, ihren
Pinsel in seine Strahlen zu tauchen und wun=
derbare Bilder hervorzuzaubern.

Aehnliches äußerte Kurt gegen den Haupt=
mann, aber dieser versetzte lächelnd:

„In diesem Punkte ist Ihre Stadtkultur bei
mir nicht durchgedrungen, und ich denke ganz
wie alle meine Leute. Wir sind lustig und
guter Dinge im dunklen Walde und auf der
einsamen Haide, und der Mond ist von Kindes=
beinen an unser guter Freund. Wenn unsere
Heiterkeit aber von einer sogenannten schönen
Landschaft herkommen sollte, oder vom Mond=
scheine, so geschieht das wahrhaftig ganz unbe=
wußt. Sicherheit des Lagers ist die Hauptsache,
und wo möglich irgend ein Loch, durch welches
wir uns schleunigst empfehlen können, kömmt
unlieber Besuch. Hier haben wir ein solches.
Sehen Sie dort die dunkle mit Bäumen bestan=

bene Bergwand? Sie steigt steil, an und zwi=
schen ihr und der Haide liegt eine tiefe Schlucht,
in welche selbst ein an das Klettern gewohnter
Jäger oder Landsoldat nur schwierig hinabstei=
gen wird. In meinem ganzen Stamme aber ist
vom dreijährigen Kinde an, bis zum ältesten
Zigeuner, kein einziges Subjekt, welches nicht mit
katzenartiger Gewandtheit dort hinabklettert, und
eben so rasch die Bergwand erstiegen haben, und
verschwunden sein wird, wenn es die Noth er=
fordert. Sehen Sie, das nenne ich eine schöne
Landschaft, was aber endlich gar ihre gemalten
Landschaften betrifft, so weiß ich nicht, wen ich
mehr bedauern soll, den Menschen, der sie ma=
len, oder den, der sie ansehen und bewundern
muß. Am meisten aber dauert mich die schöne
Leinwand, welche man zu hundert anderen Din=
gen besser hätte verwenden können."

„Ist es möglich, daß Sie und ihre Leute
also urtheilen," sagte Kurt, „und also die Kunst
verdammen, während Sie doch alle so ausge=
zeichnete Musiker sind?"

Der Hauptmann versetzte:

„Wenn Sie das Farbenklecksen, und das noch
abscheulichere Nachformen menschlicher Gestalten

in Stein oder Holz, eine Kunst nennen, ist die Musik keine, und umgekehrt. Aber die paar Geigenstreiche, die da herüberklingen, geben Ihnen keinen Begriff, und morgen Abend sollen Sie Zigeunermusik hören, welche Sie in Entzücken versetzen wird."

Kurt sagte, daß Geschäfte ihn weiter riefen, aber der Hauptmann entgegnete ihm, daß er so bald nicht wieder eine Gelegenheit, wie die gegenwärtige finden würde, das Wesen und die Lebensart der Zigeuner kennen zu lernen, und Kurt ließ sich überreden, noch einen Tag zu bleiben.

"Schön," sagte der Hauptmann, "und das Mantscherle soll Ihnen morgen die Tanana singen und tanzen, und dann werden Sie begreifen was Kunst ist."

Als die Erwähnte ihren Namen nennen hörte, trat sie hinter dem Zelte hervor und blieb schweigend vor dem Hauptmanne stehen, indem sie ihre großen dunklen Augen starr und unverwandt auf ihn heftete, und fast ebenso blickte Kurt nach der Zigeunerin, die ihm jetzt größer vorkam als vorher, und deren bräunliche Züge durch das Mondlicht bronzefarbig glänzend her=

16*

vortraten, und an eine jener Statuen erinnerten,
welche Zeugschaft geben von der alten und
längst verschwundenen Cultur Egyptens, Indiens
oder analoger Länder, voll von Wundern und
Unbegreiflichkeiten.

„Packe Dich!" sagte der Hauptmann kurz, und
als jetzt die Zigeunerin verschwand wie sie ge=
kommen, und Kurt die Aufmerksamkeit der Die=
nerin belobte, sagte der Hauptmann:

„Es ist meine Frau, und ein gutes Ding,
und die einzigen ehelichen Zwistigkeiten zwischen
uns fanden des Waschens halber statt, nämlich
dessen ihrer eigenen Person, und ich war gezwun=
gen sie wöchentlich zweimal zu schlagen, um sie
eben so oft dazuzubringen, sich das Gesicht
und die Hände zu waschen. Jetzt geht's erträg=
lich." —

Kurt schweifte am andern Morgen im La=
ger umher und erkannte fast den Hauptmann
nicht, der im Kostüm eines Mausefallenhänd=
lers zu ihm trat und ihm sagte, daß er in den
nächsten Orten streifen wolle, um also verkleidet
zu erkunden, ob Alles klar und richtig, und un=
gestörte Sicherheit für die Seinen zu erwarten.

Als er sich entfernt hatte, suchte Kurt die

Zigeunermutter auf, welche ihn so unterwürfig empfing, daß es ihm nicht schwer fiel, ihr einige Thaler zu schenken, welche sie offenbar mit großem Vergnügen annahm.

Er fragte sie, ob sie ihm nicht sein Geschick verkünden wolle.

„Das paßt für unsere jungen Mädchen," versetzte die Alte. „Ihr glaubet denen lieber als uns alten Frauen, während bei uns das Gegentheil stattfindet, und die Frauen blos geachtet werden, wenn sie zu nichts auf der Welt mehr taugen, als eben nur zur Achtung. Das aber glaubt Ihr mir wohl, daß Ihr im Lande umherzieht, um Euren Herzensschatz zu suchen, das ist aber keine Wahrsagung, sondern ergiebt sich von selbst, denn warum sollte so ein junger und vornehmer Herr zu Fuße durch Dick und Dünn laufen, wenn er nicht was Liebes sucht?"

„Werde ich Glück haben?" sagte Kurt.

„Mehr als Ihr hofft, mehr als Ihr glaubt, und rascher als es Eure kühnsten Wünsche zu erwarten wagen," versetzte die Alte ernsthaft, mehr aber war nicht aus ihr herauszubringen.

Er belobte dann das Leben der Zigeuner, mit Worten, welche er der Alten gegenüber für passend hielt, und fragte hierauf:

„Von woher kommt Euer Volk, wo zieht es hin?"

„Wohin es Gott schickt!"

„Aber aus welchem Lande seid Ihr zu uns gezogen?"

Ein wenig Zigeunerthum schien jetzt dennoch bei der Alten frei werden zu wollen, sie hüllte sich fester in ihren schwarzen Mantel, und während sie Kurt mit durchbringenden Blicken anstarrte, sagte sie langsam und eintönig:

„Unsere Väter erbauten die Pyramiden, und die Wiege des tarno dewel*) fand Schutz bei unserm Volke. Die alten Götter aber waren schon zu jener Zeit nicht mehr viel werth, und so hielten wir zu dem jungen Gotte, und das zwar eher als Ihr und Eure Leute. Als aber jetzt Feinde des tarno dewel in unser Land einfielen, wurden wir schwach und abfällig. Da kam der Fluch über uns, daß wir unstät werden sollten sieben Jahre und schlafen auf der nackten Erde, und also geschah es."

--- —

*) Baro oder puro dewel, Gott, das heißt: der alte Gott; dikkro. tarno dewel, Christus, der junge Gott. Die höchst abenteuerliche Vorstellung, welche sich ein großer Theil der Zigeuner von dem Sohne Gottes macht, ist entwickelt in der trefflichen Schrift: „Die Zigeuner &c." von Dr. jur. Liebich. Brockhaus. 1863.

Da die Alte mit diesen Worten schwieg, Kurt aber stets starr ansah, als erwarte sie eine Antwort, so sagte er endlich:

„Sieben Jahre! Aber diese Zeit ist ja längst verflossen!"

Die Alte schüttelte das Haupt:

„Sieben ist die heilige Zahl. Sie stirbt nie, und ist Segen und Fluch zugleich."

„Und wann wird sie Segen allein sein?" sagte Kurt, indem er sich bemühte auf die Sprachweise der alten Zigeunerin einzugehen, „bis wann werdet Ihr zurückkehren in das Land der alten Pharonen, und wird Euer Volk wieder werden was es war?"

„Es wird bleiben was es ist, und wird werden was es war," versetzte die Zigeunermutter mit Würde.

„Vortrefflicher Blödsinn," sagte Kurt zu sich selbst, „ganz à la Pythia." Seine weiteren Bemühungen aber, sie zum Sprechen zu bringen über das Wahrsagen und andere Zigeunerkünste waren nicht von sonderlichem Erfolg, und er verließ sie endlich und kehrte, nachdem er sich noch etwas in dem, jetzt aber vorzugsweise von Kindern bevölkerten Lager umgesehen hatte, zum Zelte des Hauptmanns zurück.

Paul empfing ihn trübselig.

„All' mein Lebtag hätte ich nicht geglaubt," sagte er, „daß ich mit solchem Lumpengesindel essen und schlafen müßte. Und gar erst Eure Gnaden! Pfui Teufel! Aber des Menschen Wille ist sein Himmelreich, und der Herr Kurt werden wohl wissen, was dabei herausspringt, und die Langweiligkeit ist auch groß. Die junge Spitzbubenbrut, die da herum auf der Erde krabelt, frißt Mäuse und Schnecken, daß einem der Ekel das Herz abdrückt, und wenn man die Köchin, oder die Madam da anspricht, so zeigt sie die Zähne, daß man nicht weiß, ob sie lachen oder beißen will."

Kurt trat jetzt zu der erwähnten Haus= oder Feldfrau, welche, auf den Hacken auf der Erde kauernd, eifrig in einem am Feuer stehenden Topfe rührte und trotzdem, daß sie aus einer kurzen Pfeife stark rauchte, dennoch mit wohl= klingender Stimme sang, und da sie fast stets dieselbe Strophe wiederholte, obgleich die Melo= die die wunderbarsten Sprünge machte, so fragte Kurt nach der Bedeutung der Worte:

„Gai me dschawa duke,
Ducala miro dsi.

Man hi kek Ruha
Tschin hal tu glan mire jakka." *)

„Sie drücken den Kummer aus, den ich em=
pfinde, weil mein Herr von mir gegangen
ist," sagte sie, dann aber sang sie nicht weiter
und vermied offenbar ein Gespräch mit ihrem
Gaste.

„Der Herr Hauptmann scheint seine In=
structionen gegeben zu haben," dachte Kurt, plötz=
lich sprang sie auf, lauschend und dann mit den
Augen nach einer Stelle des Waldes hinspähend,
aus welcher bald darauf der Hauptmann trat.
Einem treuen Hunde gleich hatte sie schon aus
der Ferne den Tritt ihres Herrn erkannt, aber
sie sprang ihm nicht entgegen, um ihn mit Lieb=
kosungen zu empfangen, sondern kauerte sich
wieder zu ihrem Topfe nieder, und als der
Hauptmann herangetreten war, würdigte sie die=
ser keines Blickes, sondern warf, einen dumpfen
Fluch ausstoßend, seine Mausefallen auf die
Erde.

---

*) Nach Liebich's Uebersetzung:
„Ach, wenn ich von Dir geh',
Thut mir das Herz so weh',
Find' Rast und Ruhe nicht,
Bis ich wieder schau Dein Angesicht.

„Was ist los?" fragte Kurt, da es klar war, daß etwas Besonderes vorgefallen sein mußte.

„Der Teufel ist los," versetzte der Hauptmann, „und ich fürchte, er wird sich nur zu bald hieher begeben, um uns einen Besuch abzustatten."

Dann erzählte er Kurt Folgendes. Ein Zigeuner der Bande hatte einem Bauern eine ziemlich bedeutende Summe abgeschwindelt, indem er ihm vorgespiegelt hatte, daß in seinem Hause ein Schatz vergraben läge, und, was vor hunderten von Jahren eben so gut wie noch heute Gaunerbrauch, sich eine zur Hebung des Schatzes nothwendige Summe aushändigen ließ, um den hütenden Geist zu bestechen oder zu beschwichtigen. Der Schatz aber erschien nicht, dagegen kamen die Angehörigen des Betrogenen der Sache auf die Spur, und jetzt war Feuer auf dem Dache.

Jeglicher Unfug, alle größeren und kleineren Betrügereien und Diebstähle, welche, wenn auch schon vor Anwesenheit der Zigeuner, in der Umgegend begangen worden waren, wurden jetzt diesen armen unschuldigen Abkömmlingen der Pharonen in die Schuhe geschoben, und vor Allem suchte man des betrüglichen Schatzgräbers

habhaft zu werden, der indessen sich unsichtbar ge=
macht hatte.

Der Hauptmann hatte versucht, bei den be=
trogenen Bauern die Sache auszugleichen, indem
er sich für einen entfernten Anverwandten des
Zigeuners ausgab und sich erbot, den Schaden
zu ersetzen, aber die Bauern, welche wüthend
über den ihnen gespielten Possen waren, wollten
von keinem Sühnversuche hören, und der Haupt=
mann selbst entzog sich nur mit Mühe der
Verhaftung, daß man aber über kurz oder
lang den Schatzgräber im Lager der Zigeuner
suchen werden, war fast mit Sicherheit zu er=
warten.

„Befindet er sich hier?“ fragte Kurt, aber
der Hauptmann erwiderte kurz:

„Ich weiß es nicht.“

Unbedingt war das eine Unwahrheit, und
Kurt sah jetzt auch, daß heute viel früher als
gestern von allen Seiten her die Zigeuner in
das Lager zurückkehrten, ohne Zweifel, weil es
ihnen draußen unheimlich wurde, und weil man
vielleicht schon Jagd auf sie machte.

Die Sache war begreiflicher Weise Kurt
nicht ganz angenehm, und er fragte den Haupt=
mann, ob er glaube, daß man vielleicht schon

heute eine Durchsuchung des Lagers zu befürch=
ten habe.

„Kaum,“ versetzte dieser, „oder vielmehr fast
ganz gewiß nicht, denn einmal ist der Ort, wo
wir uns aufhalten, draußen Niemand mit Si=
cherheit bekannt, ferner aber müssen erst ein
halbes Dutzend Meldungen und Berichte an die
Behörden gemacht, Befehle ausgetheilt, und die
zur Streife bestimmten Bauern und Landjäger
aufgeboten werden. Ich kenne den umständlichen
Gang von dergleichen. Bis aber Alles in re=
gelrechter Ordnung, sind wir längst über die
Grenze und in Sicherheit, denn die Herzoglichen
da drüben liegen sich mit denen hier im Lande
stets in den Haaren und verleihen uns schon
deshalb Schutz, um diese zu ärgern.“

Er fügte dann noch hinzu, daß er heute noch
die Zelte abbrechen, und die Wägen mit dem
spärlichen Gepäck der Bande über die Grenze
gehen lassen werde, morgen aber, mit dem Grauen
des Tages, mit seinen übrigen Leuten folgen
werde, da es ohnedem bei ihnen gebräuchlich sei,
einen Theil der Horde gewissermaßen als Quar=
tiermacher vorauszusenden.

Kurt beschloß ebenfalls, bis morgen zu blei=
ben und dann mit dem Hauptmann aufzubre=

chen, sobald man aber die Grenze erreicht haben
würde, sich von den Zigeunern zu trennen und
in die Residenz zu gehen. Heute schon mit den
Wägen aufzubrechen, welche sich in der That
schon zum Abzuge anschickten, hattte er keine
Lust, und noch weniger wollte er Gefahr laufen,
sich noch einmal im Walde zu verirren, und am
Ende morgen den auf die Zigeuner Streifenden
in die Hände zu laufen.

Es wollte ihm überhaupt bedünken, als habe
er nun für einige Zeit Abenteuerliches und Ro=
mantisches genug erlebt, und er dachte nicht
ohne einiges Behagen an ein bequemes Leben in
der Herzogsstadt.

Daß er seine Anna dort finden werde, war
er zudem sicher, und ebenso fast einer glücklichen
Lösung seiner Liebesfrage. Trug zu dieser Hoff=
nung der Ausspruch der Zigeunermutter etwas
bei? Wer kann das wissen!

Das Zigeunerlager bot aber heute einen ganz
andern Anblick, als gestern. Keine Geige er=
scholl, kein Lied erklang, nicht ein einziges Feuer
brannte, und beim Anbruche der Dämmerung
war kaum ein Laut mehr zu vernehmen, ja die
einzelnen Gruppen der auf der Erde Liegenden

waren von einiger Entfernung aus nur schwer
zu erkennen.

Der Hauptmann hatte viel mit den heimkom=
menden Männern verkehrt, und als es fast dun=
kel geworden war, sagte er zu Kurt:

„Wir wollen nun auf einige Stunden schlafen.
Der Morgenstern steht früh auf und wir müssen
es ihm gleich thun. Meine Leute berichten mir,
daß die Gabschi wie toll sind und eine unge=
wöhnliche Thätigkeit entwickeln. Sie haben ei=
nige der Unsrigen aufgegriffen, es ist mir aber
nicht bange, daß die armen Teufel bis morgen
sich glücklich frei gemacht haben werden. Aber
nun, für heute, gute Nacht!“

Er streckte sich ohne viele Umstände auf
das Haidekraut nieder, und in Ermanglung an
etwas Besserem folgte Kurt seinem Beispiele, ohne
indessen wie jener fast augenblicklich einschlafen
zu können. Endlich aber trat jener Zustand ein,
in welchem man noch zu wachen glaubt, in der
That aber doch schon in einen Halbschlummer
verfallen ist, und dann vergaß er sein Haide=
krautlager und die Zigeuner, und war fest ent=
schlafen.

Er erwachte durch ein heftiges Rütteln an
beiden Armen, und rasch ermuntert sah er, daß

sowohl Paul als auch der Hauptmann ihn heftig schüttelten, dann aber rief der letztere:

„Rasch! folgen Sie uns," und verließ ihn, um den bereits flüchtigen Zigeunern Befehle in ihrer Sprache zuzurufen, und sich unter diesel= ben zu mengen.

· Paul hatte bereits seine Tasche mit dem Ge= päcke umgehängt, und reichte jetzt Kurt sein Gewehr, indem er so lakonisch wie der Haupt= mann sagte:

„Dort hinaus!"

Es war die Richtung, welche die fliehenden Zigeuner einschlugen, und der Anblick dieser flüch= tigen Horde war in der That ein höchst eigen= thümlicher. Lautlos, wie eine Heerde von einem Löwen verfolgter Gazellen, flogen die braunen Gestalten über die vom Monde beleuchtete Fläche, man hörte keinen ihrer Tritte, und ihr Fuß schien kaum die Haide zu streifen, aber Groß und Klein verfolgte ohne Verwirrung genau denselben Weg, stumm und schweigend, und nur in der Ferne hörte man eine einzige Stimme, die des Haupt= manns.

Kurt und Paul hatten sich unter sie gemischt und folgten ihnen flüchtigen Fußes, nach kurzer Zeit aber bemerkten sie, daß ihre Vorgänger

stets weniger zu werden schienen, endlich aber
verschwanden Alle, und jetzt wurde Kurt das
Räthsel gelöst.

Sie waren an der Schlucht angelangt, deren
der Hauptmann gestern lobend erwähnt hatte,
und in diese tauchten die Kinder Egyptens, und
verschwanden auf eine Weise, welche Kurt fast un=
begreiflich schien.

Trotz des hell leuchtenden Mondes war es
doch dunkel in der Schlucht, und als Kurt an
den Rand derselben getreten war, sah er, daß ihre
Wände steil, fast senkrecht abfielen, dennoch aber
glitten die Zigeuner, rascher als auf der bequem=
sten Leiter, an denselben nieder und verschwan=
nen unten in der dort herrschenden vollständigen
Dunkelheit, um einige Augenblicke später an der
entgegengesetzten Felswand so rasch aufwärts zu
klettern, als sie dies an der diesseitigen abwärts
gethan hatten. Andere huschten, dunklen Schatten
ähnlich, bereits drüben den Bergabhang hinan
und verschwanden im Walde, und das Alles ging
stille und unhörbar vor sich, ohne einen Zuruf,
ohne ein Wort, denn auch die Stimme des Haupt=
manns war verstummt.

In Zeit von wenigen Minuten aber war die
Flucht des ganzen Haufens durch die Schlucht

geschehen, jetzt waren auch die letzten Zigeuner
drüben auf dem Bergabhange im Dickicht ver=
schwunden, und Kurt und Paul waren allein.

„Ohne Zweifel,“ sagte der erstere, „haben
ihre ausgestellten Wachen sie benachrichtigt, daß
eine Gefahr im Anzuge ist, und wir müssen ihnen
folgen, denn es wäre höchst unangenehm, hier einem
streifenden Bauernhaufen in die Hände zu fallen.“

Er trat mit diesen Worten an die Schlucht,
aber obgleich an derselben Stelle die Zigeuner
mit Leichtigkeit hinab geklettert waren, schien ihm
das dennoch vollständig unmöglich. An einer zwei=
ten erging es ihm eben so, und als er jetzt, ei=
nige Schritte weiter, dennoch den Versuch machen
wollte, bröckelte sich das Gestein unter seinem Fuße,
und gleich darauf stürzte ein größeres Gestein=
bruchstück polternd in die Tiefe.

Paul zog ihn am Kleide zurück.

„Es geht nicht,“ sagte er, „da nicht und nir=
gends, und wir brechen Hals und Bein, wenn
wir's mit Gewalt durchsetzen wollen. Dem Hexen=
zeuge hat der Teufel hinübergeholfen, da hörte man
kein Sandkorn fallen.“

Kurt zweifelte ebenfalls an der Möglichkeit,
auf diesem Wege zu entkommen.

„Aber wo hinaus?" sagte er.

„Die verwünschte Schlucht wird irgendwo ein Ende nehmen," versetzte Paul, „oder wenigstens flacher werden, so daß wir hinüber können. Wir wollen auf gut Glück längs derselben fort laufen und vor Allem in das Holz zu kommen suchen."

„Vorwärts!" rief Paul, und jetzt liefen Beide in der That am Rande der Schlucht dahin und erreichten auch bald das Gehölz, nicht aber eben „auf gut Glück," denn sie waren kaum einige Schritte im Buschwerke eingedrungen, als man ihnen plötzlich Halt zurief, und sie sich im andern Augenblicke von benachbarten Bauern umringt sahen, welche sofort auf sie eindrangen.

Die erste, instinktartige Gegenwehr der beiden kräftigen, jungen Leute war durch die Mehrzahl ihrer Gegner bald besiegt, und während ein halbes Dutzend stämmiger Bauern zu ihrer Bewachung zurück blieb, drangen die anderen vorwärts, um den Lagerplatz der Zigeuner zu erreichen, welcher den Streifenden bekannt schien. Ihr Aerger war groß, als sie die Vögel ausgeflogen und das Nest leer fanden, und der Landjäger welcher die Streife zu leiten schien, ließ jetzt die beiden Gefangenen auf den monderhellten, verlassenen Lagerplatz der Zigeuner führen, um Aufschlüsse von ihnen zu erhalten.

„Wo sind eure Kameraden, ihr Spitzbuben," sagte er zornig.

„Vor Allem," versetzte Kurt mit möglicher Ruhe, „muß ich mir eine andere Sprache ausbitten, ich bin weder ein Spitzbube, noch ein Zigeuner, sondern ein Reisender, welcher sich in diesem Walde verirrt hat."

„Schön, Herr Reisender," sagte der Landjäger spöttisch, „und, wenn ich fragen darf, ist dieser Bursche hier auch ein verirrter Reisender?"

„Es ist mein Diener," sagte Kurt.

„Ah!" rief der Landjäger, „das ist das Neuste was ich höre. Die Zigeuner reisen also jetzt mit Dienerschaft!"

Die Bauern lachten über den Scherz ihres Anführers, einer derselben aber sagte:

„Mit Verlaub will ich Ihnen sagen, Herr Oberjäger, wer die beiden Strolche sind. Der Geputzte da ist der Hauptmann der Zigeuner, der immer wie ein Narr oder Ausländer angezogen, unter den anderen Spitzbuben herumlief. Der Andere aber ist zuverlässig jener Gauner, der den Peter unten im Dorfe um das viele Geld gebracht hat."

17 *

„Ich will's beschwören, daß er's ist," sagte ein zweiter Bauer, „ich habe gesehen, wie sie ihn fingen, und jetzt wird er halt schappirt sein, wie sie's alle machen."

Paul sah seinen Herrn an, der ihm zu schwei= gen winkte, der Landjäger aber sagte:

„Es ist mir jetzt Alles klar. Wir Gerichts= personen besitzen alle in dergleichen einen ge= wissen Scharfblick. Das Lager der Zigeuner war hier. Einmal wissen wir das aus sicherer Quelle, zweitens aber zeigen das die ausgebrannten Feuer und die abgenagten Knochen, welche hier herum liegen. Da wir aber den ganzen Wald durch= suchten und den freien Platz hier vollständig umstellt hatten, so steckt keiner mehr im Walde. Ueber diese Schlucht hier zu kommen, ist natür= lich keine Möglichkeit, ergus ist die ganze Ge= sellschaft schon heute Morgen ausgekniffen und sitzt jetzt drüben, im Herzogthum Joppenburg ganz gemüthlich im Trocknen, weil man ohnedem da drüben für reisende Gauner von allen Sorten eine gewisse Passion hegt.

Einer der Bauern schüttelte den Kopf.

„Wenn der Teufel seinen guten Freunden, den Zigeunern, fortgeholfen hat," sagte er, „wie kommt es, daß diese zwei gerade die Hauptkerle sich noch da herumtreiben? Ich verstehe es nicht."

Der Landjäger tippte mit dem Zeigefinger gegen seine Stirn und sagte:

„Er versteht's nicht, weil Er ein dummer, boshafter und eingebildeter Bauer ist, der mir, seinem zeitweiligen Commandanten, da ohne allen Grund widerspricht. Ich will's Ihm aber begreiflich ma- Man weiß ja, wie dieses Gesindel zusammenhält, und da ist der saubere Hauptmann hier zurückgeblieben, um diesem, der den Peter bestohlen hat, aus der Prison zu helfen. Durch meine vorsichtigen und zweckmäßigen Maßregeln aber ist es mir gelungen, jetzt Beide, die Hauptpersonen, wiederum einzufangen. Ist es so, oder nicht?"

„Es kann sein," versetzte der Bauer.

„Kehrt euch, Marsch!" befahl der Landjäger, und die Streife schlug jetzt den Heimweg ein, um ihre Gefangenen in das einige Stunden weit entfernte Dorf zu bringen, und sie dort hinter Schloß und Riegel zu verwahren.

Die vortrefflichsten jungen Leute sind durch allzustarken Hang zu romantischen Landparthien, oder in der Stadt durch verschiedene nächtliche Heiterkeiten in den Straßen, und hundert ähn-

liche Dinge in dieselbe Lage gekommen, in wel=
cher sich jetzt unsere beiden Reisenden befanden,
und da diese Lage meist höchst unangenehme
Morgenstunden zur Folge hat, so erging es un=
seren Freunden ebenso.

„An wem wird's ausgehen," sagte Paul
trübselig, „an mir! Kleine∙ Diebe hängt man,
große läßt man laufen, der Gerechte muß viel
leiden, mit großen Herrn ist nicht gut Kirschen
essen, und das stolze Roß geht ledig, der arme
einfältige Esel aber, muß seine Bürde tra=
gen —"

„Daß Du ein einfältiger Esel bist," versetzte
Kurt ärgerlich, „unterliegt keinem Zweifel, denn
welcher vernünftige Grund liegt vor zu glau=
ben, daß man Dich schlimmer als mich behan=
deln sollte?"

Paul sprang von der Klinge ab.

„Herr Jerum," sagte er, „wenn das die
gnädige Frau Mutter erfahren thut, und gar
erst meine!"

„Bringe nicht lauter solche Sachen zu Markte,
welche mich noch unangenehmer stimmen," sagte
Kurt, „ich hoffe aber, daß Niemand die einfäl=
tige Geschichte erfahren wird, denn der Richter
oder der Amtmann hier im Dorfe, wird doch

wahrlich auf den ersten Blick begreifen, daß wir
beide keine Zigeuner sind, man wird uns zie=
hen lassen, und meinen Namen werde ich eben=
falls nicht nennen.'·

„Doch," versetzte Paul, „doch, den Namen
nennen wir, und wenn Eure Gnaden zu scham=
haftig sind, sage ich's. Man soll sein Licht nicht
unter den Scheffel stellen, mit dem Herrn Schmid,
wie sich der Herr Kurt gegenwärtig schreiben
thut, locke ich keinen Hund aus dem Ofen, und
für was sind Eure gräfliche Gnaden dieser und
jener, wenn Sie sich da von den lumpigen
Bauern wollten maltraitiren lassen?"

Kurt verbot ihm auf das Strengste zu plau=
dern, ehe er selbst seinen Namen genannt hätte,
aber wir kennen die Vorsätze Paul's nicht genau
und können auch seine Aussage vor dem Amt=
mann nicht wieder erzählen, da wir, um uns die
Dankbarkeit des geehrten Lesers zu erwerben,
keine näheren Notizen über das Verhör einge=
zogen, welches kurze Zeit nach dem Zwiege=
spräche unserer beiden Freunde stattfand.

Doch müssen wir berichten, daß dasselbe nicht
sehr lange dauerte, und daß sich nach Beendi=
gung desselben der Amtmann zum Gerichtsherrn
begab, um sich Rath's zu erholen.

„Unsere Bauern," sagte er, „haben statt der
Zigeuner, welche längst das Weite gesucht hat=
ten, in dem Eure Gnaden gehörigen, leider strit=
tigem Walde, zwei junge Leute aufgegriffen,
welche freilich nicht zu den Zigeunern gehören,
die aber doch unter erschwerenden Umständen an=
getroffen wurden, und welche ich, auf meine
Verantwortung hin, nicht so ohne Weiteres lau=
fen lassen möchte. Der eine scheint der Herr,
der andere der Diener zu sein, wenn aber der
Erstere offenbar hinter dem Berge hält, so machte der
Andere dafür allerlei Anspielungen und ließ so
sonderbare Reden fallen, daß es scheinen will,
als hätten wir es entweder mit einer hohen
Persönlichkeit, einem verkappten Prinzen zum
Exempel, zu thun, oder, wer weiß, mit zwei ge=
riebenen Gaunern. Was soll ich da thun?"

„Schicken Sie mir die beiden Leute," sagte
der Gerichtsherr, „man muß subtil umgehen mit
dergleichen in unseren Tagen, und wie ein mit=
telgroßer Staatsmann neulich äußerte, lieber
zehn Spitzbuben laufen lassen, als einen einzigen
Unschuldigen mit Unrecht festhalten."

Als Kurt erfuhr, daß er zum Gerichtsherrn
geführt werden sollte, fragte er den Amtmann
nach dessen Namen.

„Ich bitte Sie zu bedenken, daß hier ich nur zu fragen habe," erwiderte dieser.

Er stellte die gleiche Frage an den Gerichts= diener, welcher Paul und ihn zum Schlosse be= gleitete.

„Das wird Er bald genug erfahren," sagte dieser grob.

Da aber eine große Anzahl Jungen die bei= den Arrestanten begleiteten, so fragte er einen derselben, der neben ihm herlief:

„Wie heißt der Herr im Schlosse?"

Der Junge schlug einige Purzelbäume und rief:

„Vivat hoch, sie haben zwei Zigeuner ge= fangen!"

„Der grobe Gerichtsdiener hat noch die ver= nünftigste Antwort gegeben," sagte Kurt seuf= zend zu sich selbst. „Ich werde es bald genug erfahren, und muthmaßlich mich ebensobald ein wenig blamiren."

Offenbar in hohem Grade erstaunt blickte der Gutsherr Kurt an, als dieser in dessen Stube trat, dann sagte er aber lächelnd:

„Seien Sie mir willkommen, Graf Kurt!"

Obgleich ebenfalls nicht wenig verwundert, verbeugte sich dieser und sagte:

„Ich erinnere mich bei Gott nicht, die Ehre
gehabt zu haben —"

„Doch," versetzte der Gutsherr, „als Kind.
Ich aber hatte das Vergnügen vor einigen Wo=
chen Ihr wohlgetroffenes Porträt zu sehen, und
das zwar bei Ihrer Mutter, als Sie," setzte
er ironisch lächelnd hinzu, „eben die Nacht vor=
her, aus unbekannten Gründen, auf Reisen ge=
gangen waren."

„Was soll ich sagen?" versetzte Kurt, „Graf
Wildenfels ohne Zweifel, aber ich weiß in der
That nicht —"

Er wußte wirklich nicht was sagen, was
thun, in diesem Augenblick aber öffnete sich eine
Thür, und eine Dame trat ein.

„Lasse uns einen Augenblick allein, Katha=
rina," sagte Wildenfels, aber die Tochter ge=
horchte nicht, todtenblaß und dann wieder glü=
hend roth blickte sie nach Kurt, und trat dann
zu ihm, indem sie sagte:

„Sie hier, Schmid, um Gotteswillen, und
unter solchen Umständen?"

„Und Sie Anna, theure Anna!" rief Kurt.

„Schmid? Theure Anna?" rief Wildenfels,
„zum Henker was soll das bedeuten? Graf Kurt,
dies ist meine Tochter Katharina Anna, vor wel=

cher Sie davon gelaufen sind. Katharina, dies ist
der junge Gerten, wegen dessen Du mir zum ersten
Mal in Deinem Leben ungehorsam warst, ver=
weigertest mich zu begleiten, und Dich, um, wie
Du sagtest, nicht verkuppelt zu werden, zum al=
ten Simon, meinem ehemaligen Diener, auf das
Land setztest."

„Und ich wollte nach der Residenz da drüben,
um Sie aufzusuchen," sagte Kurt, worauf Katha=
rina versetzte:

„Ach, ich konnte Ihnen ja nicht sagen, daß
ich nach Hause mußte. Erinnern Sie sich, den
Regentag!"

Sie waren sich hier unter den Augen des
Vaters in zwei Minuten näher gekommen, als
allein, und draußen im Walde in acht Tagen,
und Wildenfels sagte:

„Ich fange an zu begreifen!"

Hochgeehrter und, so Gott will, günstiger
Leser, auch Du begreifst und hast muthmaßlich
selbst schon längst begriffen, vielleicht schon im
Walde, als wir unsere jungen Liebesleute zum
ersten Male zusammen brachten, höchst wahrschein=
lich aber beim Lever der Zigeunermutter und
bei ihrer Prophezeiung. Wie soll man es aber
anfangen, um Allen gerecht zu werden? Stellt

man die Geschichte recht verwickelt, recht räthsel=
haft und unbegreiflich dar, so daß keine Seele
den Ausgang erräth, sosagt alle Welt: „Das ist
unwahrscheinlich!" Besser ist es also, man legt
die Sache ein wenig auf die offene Hand, und
so haben wir denn auch gethan. —

Sie haben sich bekommen, und daß Paul auch
seine Katharina bekam, wird billig Niemand be=
zweifeln, zumal da wir die Geschichte im Mo=
nate Mai schrieben, in welchem nicht blos die
Menschen, sondern auch andere unvernünftige
Creaturen sich durchschnittlich zu vermählen
pflegen.

Wir haben wenig mehr zu sagen. Die alte
Gräfin Auguste ergab sich darein, daß ihre
Schwiegertochter nicht die hinlängliche Energie
besaß, welche fälschlich der Vater ihr angedichtet,
sondern das sanftmüthigste Geschöpf von der
Welt war.

Im Gasthofe zur „Stadt Frankfurt," am See,
heirathete Louis die gebildete Tochter, und der
Alte wurde auf Leibzucht gesetzt. Beller, der
Flickschneider, trat nach dem Tode Düsterhund's,
seinem Vorsatze gemäß, dessen Wahnsinns=Erb=
schaft an, und schwang im Irrenhause, wohin er
gebracht wurde, sich bald zum Liebling des Di=

rectors empor, und das zwar nicht als Mensch, sondern als Rarität und seltenes Exemplar.

„Dieses Subject," sagte der Director, „leidet
in hohem Grade an Größenwahn, er bildet sich
ein, ein mächtiger, bei Fürst und Volk gleichbe-
liebter Minister zu sein, und ist selbst mir, der ich
doch dergleichen hinlänglich kenne, hie und da
durch seinen ungemessenen Hochmuth widerwärtig.
Während aber bei Größenwahn später oder
früher Marasmus, allgemeiner Naturnachlaß,
Stumpfsinnigkeit und ein jämmerliches Ende ein-
tritt, wird dieser Kerl täglich dicker und fetter, seine
fire Idee schlägt ihm famos an, und er scheint, seit
er in unserer Anstalt ist, sich um zehn Jahre
verjüngt zu haben. Das aber ist außerordentlich merkwürdig und von hohem Interesse für
unsere Wissenschaft, und ich liebe ihn deshalb wie
meinen Bruder."

Beller erreichte ein hohes Alter, geliebt von
seinen Vorgesetzten, und geachtet und geehrt von
allen seinen Mitnarren.

Was die Zigeuner betraf, so waren sie muthmaßlich im Joppenburg'schen gut aufgenommen
worden. Kurt aber hörte niemals wieder etwas
von ihnen, was ihm nicht gerade unlieb war, da
solche und andere romantische Verhältnisse aus-

wärts sich besser abwickeln, als auf eigenem Grund
und Boden.

Und das ist die Geschichte vom verlorenen
Grafen, welche zur Zeit, als sie vorfiel, großes
Aufsehen machte, und über die man damals
so wacker log und verleumdete, als es heut=
zutage nur in den beliebtesten Zeitungen ge=
schehen kann.

So sollte zum Beispiel der, plötzlich bei
Nacht und Nebel auf unbegreifliche Weise ver=
schwundene, junge Graf später in einem Irren=
hause aufgetaucht sein, in welches er als Eleve
oder Patient eingetreten war, um die Thorheit
seiner Mitmenschen frisch von der Quelle weg
beobachten zu können. Dann schob man ihm eine
Liebschaft mit einer Putzmacherin in die Schuhe,
bei welcher er die in der Irrenanstalt gemachten
Studien sehr zum Vortheile der jungen Dame
verwerthet haben sollte. Endlich erzählte man
sich, er sei wegen einer schwärmerischen Neigung
zu der Frau eines Zigeunerhauptmanns längere
Zeit mit dessen Bande im Lande umhergezogen,
und endlich, sammt etlichen Zigeunern von der
Justiz ergriffen, mit dieser in schlimme Con=
flicte gerathen.

Das Alles aber ist ein Haufwerk schlim=

mer Erdichtungen, und man kann sich, ist es
gefällig, mit Sicherheit darauf verlassen, daß
Alles sich genau so zugetragen hat, wie wir es
erzählten.

Ende des ersten Bandes.

www.ingramcontent.com/pod-product-compliance
Lightning Source LLC
Chambersburg PA
CBHW030635030726
47497CB00006B/1807